I cc

© 2019 Giulio Einaudi editore s.p.a., Torino

www.einaudi.it

ISBN 978-88-06-24306-7

Marco Presta

Fate come se non ci fossi

Einaudi

Fate come se non ci fossi

Al mio caro papà,
pesce fritto e baccalà.

Mettere in ordine le cose, ecco la chimera.

Gli affetti nell'anima, i pensieri nella testa, i mocassini nella scarpiera.

«È tutto a posto», questa la frase piú potente che troviamo per tranquillizzare una persona cara in un momento difficile.

Ci provo anch'io, come tutti, a dare un'aggiustatina, ad assestare, a tenere in equilibrio. Questo taccuino serve a disporre tutto per bene sugli scaffali.

Alla fine di queste pagine, è evidente, non avremo risolto nulla.

Oggi sono andato a correre al parco. Il sole splendeva, mi ritrovavo un'ora completamente libera, niente dolori alla schiena. Avevo tutto contro, insomma.

Ho cominciato piano, cercando di non passare vicino a nessuno. È un'operazione piú difficile di quanto si pensi: anche in uno spazio grande come piazza San Marco ci sarà sempre qualcuno in grado di pestarti i piedi.

Arrivato a pochi metri dall'area cani, mi sono fermato a riprendere fiato. Nel recinto i quadrupedi fraternizzavano tra loro, giocavano, inseguivano pigne e bastoni lanciati dai padroni.

Isolati dagli altri, calati dentro tute da ginnastica scure, due uomini tenevano al guinzaglio bestie di grossa taglia. Gli animali tiravano, smaniosi di raggiungere gli altri, non si capiva se per ruzzare o per mangiarli.

Mi sono chiesto che appartamenti abbiano quei due, e quali siano i motivi che li hanno spinti a scegliere cani di quel genere, ingombranti come credenze provenzali.

Trent'anni fa ignoravamo certe razze, oggi sono diffuse e rappresentano uno status symbol.

I padroni dei due molossi parlavano gesticolando come vigili urbani in mezzo a un incrocio.

Ho provato a immaginare cosa si dicevano.

TUTA NERA   Bello, che razza è?
TUTA BLU   Un bovaro antropofago... e il tuo?
TUTA NERA   È un mastino sodomita del Caucaso.

4

TUTA BLU   I ciclisti te li mangia?

TUTA NERA   Sí, ma io preferisco evitare... portano quelle tutine in acrilico pericolosissime... potrebbero farlo strozzare...

TUTA BLU   Hai ragione, è robaccia... del resto, c'è tanta gente in giro che non ama i cani, purtroppo.

TUTA NERA   Purtroppo.

Il bovaro dà uno strappo, staccando quasi un braccio al suo padrone.

TUTA BLU   L'altro giorno Killer giocava con un bassotto e a un certo punto l'ha inghiottito, ma cosí, per fare amicizia... dovevi vedere la padrona: è impazzita, ha minacciato di chiamare le guardie... insomma, ho dovuto cacciare una mano in gola al cane e tirargli fuori il bassotto!

TUTA NERA   Ma dimmi te... è pazzesco: ti fai un cane-preda e poi te la prendi con me che ho un cane-dominio? Ma allora sei scema! È la natura, no? Il pesce grande mangia il pesce piccolo.

TUTA BLU   Cani piccoli e bambini sanno solo creare problemi... non puoi girare liberamente, ti rompono le scatole di continuo... «gli metta la museruola», «lo porti al guinzaglio», «non lo faccia avvicinare»... ma se ti dico che il cane è buono! Se è buono è buono, no? Certo, quando parte non si riesce a fermarlo... è come tirare giú un boiler dal quinto piano!

TUTA NERA   Bravo! Anche i bambini, per dire... vengono al prato e si mettono a giocare a pallone... è chiaro che il cane si sente provocato. Vede 'sto pallone che rimbalza, gli monta il sangue alla testa, è normale... mah... il vero problema è che non c'è piú amore per le bestie, siamo diventati un popolo d'insensibili... a me quando guardo Attila mi si stringe il cuore... vedo questi occhietti piccoli, iniettati di sangue, che mi fissano... ma come si fa a non volergli bene?

Sarà, ma io, nel dubbio che le due bestiole non abbiano ancora fatto merenda, riprendo a correre.

Non so perché camminare per la strada con un mazzo di fiori in mano mi crei tanto imbarazzo.

Se portassi in spalla un barile di vodka o una lancia watussa, mi sentirei piú a mio agio.

Temo il giudizio delle persone che incontro, specie quando si tratta di conoscenti.

Un mazzo di fiori portato a passeggio è un controsenso, perché rende pubblica una cosa che vorremmo tenere solo per noi, un sentimento per sua natura esclusivo. Quelle rose dicono al mondo: «Sí, io amo e c'è un motivo per il quale ho affrontato questa spesa, però preferirei non dirvelo».

E la leziosità delle confezioni?

Ho l'impressione che tutti mi osservino e percorro la distanza che separa il garage dal mio portone con il passo di un soldato esposto al fuoco nemico. Un povero disgraziato, travolto da una ricorrenza amorosa. I fiori sono rivolti verso il basso, quasi occultati: portarli spavaldamente in giro mi farebbe sentire un buffo, attempato Romeo.

Se ci penso, è assurdo: non mi vergogno di inveire contro un altro automobilista né di dire sciocchezze – alcune sanguinose – davanti a un microfono. Però mi vergogno di portare in mano un bouquet di rose.

Forse perché gli altri, da una certa età in poi, valutano crudelmente la nostra credibilità come amanti. Mentre un ragazzo con un fascio di tulipani suscita sorrisi di tenerezza, un cinquantenne nelle stesse condizioni appare sempre un po' ridicolo.

Anni fa, il tragico giorno di San Valentino, incontrai il tizio del piano di sopra, un signore che ha una decina d'anni piú di me. Entrambi giravamo armati, lui un mazzo di rose bianche, io camelie, quindi un calibro piú grande. Ci guardammo a vicenda, come due guardie che stanno per darsi il cambio. Eravamo nell'androne del palazzo, tutti e due pensavamo di averla fatta franca.

– Certo, all'età nostra... – disse lui, promuovendomi a suo coetaneo. Poi ci salutammo furtivi e svicolammo verso le rispettive porte di casa.

Si dice che l'amore non abbia età. I formalismi che ne derivano invece sí.

La soluzione consiste nel fregarsene, regalare con tranquillità mazzolini alla propria bella e farle romantiche serenate accompagnati da altri due babbioni con chitarra e mandolino.

Se poi proprio non ce la fate, ricordatevi che si possono sempre mandare i fiori a domicilio.

Qualche giorno fa stavo andando al mare con mia moglie, i sabati invernali hanno un altro sapore quando li trascorri facendo due passi sulla spiaggia e combattendo con un sauté di cozze e vongole.

Guidavo senza fretta sulla statale, il meschino timore degli autovelox aveva lasciato il posto al piú nobile spirito contemplativo, che mi spingeva ad ammirare i monti brulli e scontrosi col sole che si rifletteva sulle pareti delle serre.

A un tratto, sulla mia destra, una grande distesa di fiori gialli. Un mare di testoline dorate che mi accompagnava ammiccando dolcemente con la complicità del vento.

«Bellissimi», ho pensato, ma non ho detto nulla, per non sbriciolare con la banalità di un commento quel piccolo miracolo.

Grazia ed eleganza, ecco le sensazioni che quella vista suscitava in me. Una quiete interiore. Insomma, quello stato d'animo che t'induce a considerare con magnanimità te stesso, i tuoi errori, una visita domenicale di tua suocera.

Mentre la statale mi veniva incontro deserta pensavo ai versi del Poeta.

– Sono ginestre, vero? – ho domandato a mia moglie, incantato.

– È un campo di broccoletti, – ha risposto lei.

Ho schiacciato l'acceleratore e taciuto sino all'arrivo. I fiori, carogne ingannatrici.

Il barbiere Genesio è un mistico, ha piú interrogativi spirituali lui che capelli sulla testa io.

Ieri, mentre lavorava veloce, mi ha chiarito il suo punto di vista sulle grandi religioni e sui loro tentativi di garantire agli esseri umani che non diventeranno semplice terra per i ceci, dopo la morte.

– Allora… una religione ti dice che puoi fare un po' come ti pare, puoi rubare, puoi mentire, puoi ingroppare la moglie di tuo cugino, basta che alla fine ti penti. Un'altra ti dice che devi darti una ripulita al karma, sennò invece che essere umano rinasci bacherozzo. Un'altra ancora ti dice che quelli che credono nelle altre due sono degli zozzoni infami traditori e bisognerebbe ammazzarli tutti.

Un'analisi teologica lucida, mentre spazza da terra capelli miei e altrui. Soprattutto altrui, purtroppo.

Seduto alle mie spalle, c'è un padre che contempla la testa del figlio, un bambino sui cinque anni. Il piccolo è caduto vittima di un taglio di capelli mortificante, un'imboscata culminata in una cresta che lo fa sembrare un galletto troppo precoce. È un abuso bello e buono: pettinature, orecchini e abbigliamento frutto dell'imbecillità dei genitori, alla quale i piccoli non possono opporsi. Quando avranno l'età della ragione, sarà loro sacrosanto diritto tatuarsi testicoli di toro sulla fronte e vestirsi come Pippi Calzelunghe. Ma durante l'infanzia no, durante l'infanzia vanno salvaguardati. All'uomo seduto dietro di me andrebbe tolta la patria potestà.

Non devo fare cosí, lo so, voglio essere piú tollerante, almeno sforzarmi, è tutta una vita che ci provo.
– Che simpatico taglio di capelli! – dico.
Che le chiome dei padri non ricadano sui figli.

Chi è il vero, grande nemico della specie umana? La sete di potere, l'inquinamento, la guerra, le malattie? No, è la caldaia.

Un avversario temibile, sempre in agguato. Chiusa nel suo sarcofago metallico sul terrazzo, aspetta. Sa bene che è solo questione di tempo. Prima o poi la battaglia contro l'Umanità avrà luogo.

Mentre leggo disteso sul letto, la voce di mia moglie mi raggiunge dal bagno.

– La caldaia s'è spenta!

La frase è agghiacciante, quasi quanto il getto d'acqua che l'avrà travolta. In casa ci siamo soltanto io e lei, non posso delegare nessuno, sperare in un qualche aiuto risolutivo.

Infilo un maglione ed esco sul terrazzo.

L'antica rivale fa finta di niente, per lei è un giorno come un altro. Apro lo sportello stridente e me la trovo davanti, non ha paura di me e sa dimostrarlo.

Una luce lampeggia, una minuscola spia palpitante che sembra l'unico segno di vita in questa creatura malvagia. Premo il pulsante lí vicino ma non succede niente, il mio esorcismo non procura nessun effetto alla piccola indemoniata meccanica. Giro la manopolina blu che ha sotto, sfruttando una competenza approfondita: l'ho visto fare una volta a un tecnico dell'assistenza.

Nelle viscere della Bestia non avverto reazioni. La mia insofferenza per ogni forma di tecnologia sta per sbagliarmi, sento forte la voglia di gettare la spugna e fare docce fredde per il resto della mia esistenza. Tutto sommato, tonificano. Ma lei sta aspettando che il cavaliere sconfigga il drago e che l'acqua calda torni a sgorgare da quella cipolla maledetta.

Tocco un piccolo tasto sul display, una luce verde si accende per spegnersi immediatamente. Una vita breve ma inutile.

Sono già dieci minuti che armeggio intorno a questo moloch irriducibile, ma il mio assedio non ha aperto neanche una breccia.

Allora premo a casaccio tutto quello che ho davanti: tasti, interruttori, pulsanti. La caldaia ha un sussulto, non se l'aspettava. S'illuminano due indicatori, Dio solo sa di cosa.

O esplode o riparte, mi dico.

Sento un flusso d'acqua che scorre all'interno della Creatura, un altro sussulto la scuote e io resto istupidito a guardarla.

Poi rientro in casa.

Dopo qualche minuto, mia moglie esce dal bagno in accappatoio.

– Meno male che c'eri tu. Io non ci capisco niente!

Un incapace centrato da un colpo di fortuna. In fin dei conti, sono un simbolo dei tempi che viviamo.

Mi hanno invitato alla festa per i centocinquant'anni di un quotidiano. Io, immediatamente, sono stato assalito dalla gratitudine del diseredato: non lo merito ma parteciperò, grazie, grazie a tutti. La serata si svolge a Cinecittà. Per raggiungere il grande studio che ospiterà la manifestazione attraverso un villaggio western, poi un piccolo spiazzo pieno di colonne e ruderi in polistirolo. L'informazione, come il cinema, in fondo è il frutto di un allestimento. Il rispetto della realtà, in entrambi i settori, non è un obbligo assoluto. Arrivo a destinazione. Nell'enorme studio, che un tempo ha ospitato le riprese dei film, sono state disposte sette file di sedie, destinate ad accogliere gli invitati secondo una rigida gerarchia. Sette file che esprimono con barbara schiettezza la crudele divisione in caste della nostra democrazia. In prima fila ci sono le cariche istituzionali, un paio di ministri e una manciata d'onorevoli. In seconda, ufficiali dei Carabinieri, dell'Esercito, della Finanza e qualche prelato sfuso. In terza riconosco personaggi dello spettacolo, attori, un regista che si autocelebra. Intorno a me c'è un movimento continuo, sembra che tutti ricordino proprio adesso di dover fare qualcosa d'importante. Molti si salutano con cordialità trattenuta, una veloce stretta di mano e un sorriso provvisorio. In quarta fila individuo giornalisti, opinionisti, portatori sani di punti di vista e di analisi approfondite. Dietro, personaggi che non saprei classificare, esemplari di specie che non ho ancora scoperto, uomini circospetti in giacca e cravatta e signore scollate su coturni da sera. A seguire, io e la mia razza: cinquantenni decorosamente secondari e giovani cronisti ambiziosi. Mi volto verso i paria dell'ultima fila. Stanno seduti composti, i cappotti sulle ginocchia. Sono amici e parenti di persone che lavorano al giornale, operatori dei social, qualche imbucato. In trent'anni di carriera mi sono guadagnato la sesta fila, un'onesta retrovia che mi permette di girare la testa e notare con soddisfazione che c'è qualcuno dietro di me. Con il tempo, grazie alla rivalutazione che l'età concede un poco a tutti, potrò ambire a una quinta fila, forse addirittura a una quarta, magari vicino a quella presentatrice televisiva il cui décolleté sconfina quasi nel topless, mentre parla amabilmente con il ministro degli Interni.

Quest'ultimo pensiero attraversa la mia mente inseguito dallo sconforto, come la diligenza dagli indiani.

La crudeltà è diventata un valore positivo. I critici letterari e teatrali ne parlano con una certa ammirazione, la indicano come un ingrediente necessario della comicità. L'umorismo bonario non interessa piú nessuno, il comico deve essere cattivo, sferzare, offendere. Se dicesse le sue battute strozzando la piccola fiammiferaia sarebbe perfetto. La simpatia, che un tempo fu il piedistallo del saltimbanco, è ormai un intralcio, un difetto, un vizio di forma, un lusso che non possiamo piú permetterci. Vedere un poveraccio che si porta sulle spalle un pianoforte su per una lunghissima scalinata non fa piú sorridere, a meno che non rimanga schiacciato sotto lo strumento.

Per questi signori, in sostanza, il Nazismo può essere considerato il piú grande fenomeno umoristico dell'epoca moderna.

Magari, mi dico, apprezzerebbero un raccontino cosí:

L'uomo riprese i sensi in un antro oscuro e si accorse di avere i polsi stretti dalle corde. Il suo corpo grassoccio era disteso su un tavolo di noce nazionale. Il maniaco gli girava intorno, senza sosta. Indossava un'appariscente parrucca platinata e una muta da subacqueo color turchese. I suoi piedi erano scalzi.

– Senta questa, dottor Restelli, vorrei iniziare lo show cosí... «Ci sarà sempre un cretino che abbandona una poltrona sfondata al lato della strada, ci sarà sempre un cretino che parcheggia il Suv sopra il marciapiede, ci sarà sempre un cretino che butta in terra una sigaretta accesa e brucia un bosco. Nella vita non sentirti mai solo. Ci sarà sempre un cretino»... Le è piaciuta?

– Beh... sí, – rispose il dottor Restelli e la voce quasi non gli usciva.

– Dica la verità, non me la prendo a male... forse è un tono troppo benevolo... punge poco, ecco... non riuscirebbe a scriverne bene sul «Corriere»...

– Non del tutto... – biascicò il critico in preda al terrore.

– Lo capisco, – replicò il maniaco e, con un gesto rapidissimo, estrasse dal taschino una penna e la conficcò nell'esofago della vittima.

Il dottor Restelli emise un sibilo, come di camera d'aria che si sgonfi, poi rimase immobile, con gli occhi puntati sulle luci al neon.

Mi sembra uno spunto interessante, su cui lavorare, ma ho qualche dubbio, non so se incontrerebbe il gusto dei critici. Amano la cattiveria, purché l'esofago non sia il loro.

Se pensate che non esista nulla di piú triste di un orfa-
nello che chiede l'elemosina per strada o dello spettacolo di
una compagnia polacca di teatro povero, sbagliate di grosso.

La cosa piú triste in natura sono i programmi televisivi
della notte di Capodanno.

Si viene travolti in un istante da un'allegria posticcia
come un tupè, mentre un gruppo di sgallettate affronta
con coraggio il problema della disoccupazione giovanile
scrollando la patonza davanti alle telecamere. Il presentatore d'ordinanza, abbronzato in maniera innaturale, quasi
bruscato, griderà e riderà tutto il tempo senza un motivo
plausibile, se non l'entità del proprio cachet.

Ma è solo dopo la mezzanotte che lo sconforto rag-
giungerà la sua piena maturità, la sua tragica completez-
za, quando sul palcoscenico cominceranno ad avvicendar-
si i Riesumati.

Il malinconico conto alla rovescia con stappata finale di spumanti economici sarà da poco avvenuto, quando
un folto gruppo di personaggi, impresentabili sul piccolo
schermo durante il resto dell'anno, salirà alla ribalta. L'apparizione di Elephant Man non era niente, al confronto.
Va detto che, all'una e mezza di notte, il telespettatore,
mezzo ubriaco e pieno di funesti presentimenti per l'anno appena iniziato, è disposto a perdonare molto, quasi
tutto. Cantanti che non sono piú in grado di riconosce-
re il suono di un applauso e comici privi di dignità si daranno il cambio sotto i riflettori, ricordandoci quanto la

17

nostra condizione di mortali sia difficile ed esposta al ludibrio della sorte.

Io, che detesto il Capodanno e lo trascorro barricato in casa come un sequestratore, finisco sempre per lasciarmi ipnotizzare da queste dirette televisive, chiedendomi ogni volta a che punto arriveranno.

Ma sarebbe meglio, molto meglio, uscire di casa, sfidando la contraerea del palazzo di fronte.

Il primo caso si era verificato in una spa toscana. Una sera di dicembre, nella grande vasca all'aperto per l'idroterapia, si contavano dodici persone: imprenditori, commercianti, un'attrice di fiction televisive con il suo amante. Era già buio e il vapore si addensava sulle acque calde, combattendo con la rigida temperatura dell'aria. All'inizio s'era sentito solo il morbido frusciare del liquido e tutti nella grande piscina, assopiti con il naso al freddo e il sedere al caldo, erano rimasti tranquilli.

L'orrida sagoma era sfilata in mezzo ai bagnanti senza che nessuno la notasse. L'attrice aveva pensato fosse quel corpulento cliente russo che, a colazione, la fissava sornione da un altro tavolo.

I primi due furono attaccati in silenzio, mentre la valle veniva cancellata dal buio. Un tale, che parlava in inglese con il fidanzato della figlia, fu risucchiato graziosamente sott'acqua, lasciando solo un po' di spuma sopra di sé.

Poi iniziò la mattanza. Lo squalo emerse e azzannò prima a destra e poi a sinistra, portando via un braccio da una parte, una gamba dall'altra. L'attrice tentò di uscire dalla vasca, ma il predatore l'afferrò per un piede e la trascinò di nuovo dentro, dove la masticò con calma, per agevolare la digestione.

Da quel momento, gli assalti degli squali termali divennero sempre piú frequenti, provocando una strage di benestanti che non si registrava dai tempi della Rivoluzione francese.

Come potesse verificarsi un fenomeno del genere era e rimane un mistero inestricabile. Un momento prima nella piscina non c'era nessuno squalo, quello dopo un enorme pesce carnivoro aggrediva i presenti. I biologi marini non riuscivano a trovare una spiegazione plausibile e l'opinione pubblica – stravolta e preoccupata – li aveva ormai degradati a pescivendoli.

«Forse potrebbero essere i minerali contenuti nell'acqua a favorire la nascita spontanea di questa nuova specie... che si sviluppa con una rapidità impressionante...» era stato il commento del ministro dell'Ambiente. L'uso dell'avverbio dubitativo seguito dal condizionale aveva gettato su di lui il disprezzo dell'intera Nazione.

«Non ci sta capendo una fava», commentò il Paese terrorizzato. L'unica scoperta sulla quale tutti gli scienziati si trovarono concordi fu che la pelle degli squali termali, a differenza di quella abrasiva dei marini, era morbida e setosa.

Confindustria, nel tentativo di salvare questi edifici cari alla classe dirigente, finanziò un corpo di guardie subacquee armate, che presidiavano le vasche durante l'orario di apertura. La vigilanza però non poté impedire che il presidente degli imprenditori, guarnito da una nota cantante di talento, costituisse il pasto di un enorme pescecane giallastro, emerso all'improvviso da un idromassaggio. La tragedia fu seguita da due giorni di lutto nazionale.

Le spa tentarono di sopravvivere abbassando i prezzi, ma dopo che un paio d'impiegati statali finirono tra le fauci di un mostro marino, si rassegnarono.

Nel giro di pochi mesi, tutti gli impianti termali furono chiusi. I ricchi affidarono il loro relax ai massaggi e alle passeggiate a cavallo.

«Non possiamo nulla contro la Natura», commentò il proprietario di una prestigiosa catena di centri benessere. E fece abbattere venticinque ettari di bosco per costruire un nuovo resort.

Sono dovuto uscire per comprare degli indumenti, accompagnato da mia moglie come il detenuto è accompagnato dal secondino. È una cosa che odio fare: andare fuori di casa, addentrarmi in un negozio, entrare in un camerino illuminato al neon, spogliarmi, indossare degli abiti sconosciuti, mostrarmi e attendere una sentenza.

Dopo alcuni capi allarmanti, ho provato dei pantaloni tollerabili, scuri, semplici, che scendono giú per le gambe spinti da un'unica ambizione: coprirle.

Solo che mi sembrano corti. Molto corti.

– Oggi vanno cosí... – osserva il proprietario del negozio.

– Secondo me sono troppo corti, – obietto, senza mostrare la fermezza di carattere necessaria in certi casi. A questo punto, la parola passa a mia moglie.

– Beh... oggi, in effetti, si portano cosí... – dice.

Il tradimento da parte degli affetti piú cari è doloroso e sempre sorprendente.

Mi guardo ancora allo specchio.

Sono corti, corti. I calzini, la cui esistenza dovrebbe essere tenuta nascosta come una relazione extraconiugale, appaiono in tutta la loro accecante meschinità.

– Non si potrebbero allungare un po'? – Cerco di ridurre i danni, di ottenere con la diplomazia la mia Trieste, quei cinque centimetri di territorio sulla cartina che mi farebbero sentire meno ridicolo.

– Oh, se vuoi, io ci metto un attimo, sai... tanto dentro c'è la stoffa... però... però mi fai fare una cosa antica, che non fa piú nessuno... oggi, credimi: si portano cosí...

Le parole del subdolo negoziante tentano di mettermi in una posizione scomoda, di gettare su di me un'ombra retriva, reazionaria. Se faccio allungare quei pantaloni, io ostacolo il progresso della specie umana. Cinque centimetri di stoffa in piú e torniamo al Medioevo. Sono quelli come me, cuore indurito e orlo dei calzoni sotto i tacchi, che impediscono al pianeta di migliorare.

– Tu dici che si portano cosí? – domando. Crolli la grandezza di Troia, s'inabissi Atlantide.

– Oggi sí... si portano cosí...

Pago ed esco senza cambiarmi, i pantaloni vecchi infilati nella busta del negozio e l'impressione netta d'indossare dei bermuda. Cammino fino a casa guardandomi di continuo le caviglie, mi sembra che tutto il quartiere saluti in me un'apparizione circense.

Tremo al pensiero di quando mi occorrerà una nuova giacca. Ce n'era una su un manichino – la mia taglia, ha specificato il commerciante – che secondo me sarebbe stata perfetta per un bambino che fa la prima comunione.

– Oggi si portano cosí...

È veramente difficile essere un contemporaneo.

Rientrato, apro l'armadio e consegno i miei calzoni nuovi a una stampella. Li lascerò lí a invecchiare un po', come si fa con il vino rosso.

A volte gli amici ci sorprendono con sfoghi improvvisi.
– Sono stanco, proprio stanco, – mi dice Max, con lentezza studiata, vuole che lo prenda sul serio. Sono seduto su una poltrona di pelle, quindi mi sento costretto a farlo.
– Che vuoi dire? – mi consegno.
– Ci pensavo ieri, sai? Come siamo bravi a dare giudizi, tutti. E parlo di me per primo, eh! Quello è un imbecille, quella una zoccola, quell'altro un arrogante figlio di papà... ci piace tanto ergerci a giudici degli altri, delle loro debolezze... non ci sforziamo mai di capire che dietro c'è una persona, un essere umano come noi...
È chiaro che Max vuole andare a parare da qualche parte e lo farà, ho davanti a me una catastrofe che non posso evitare.
– Hai ragione, – gli dico, cauto.
– Io non voglio piú giudicare nessuno. Ognuno di noi è fatto in un certo modo, per tanti motivi: la Natura, la famiglia, le vicende che gli sono capitate nella vita... ci sono sempre delle cause, delle giustificazioni... ecco, io voglio cercare di capire, senza emettere sentenze... non so se mi spiego... sono stufo, a volte il mio modo di pensare, di considerare le situazioni e i comportamenti mi disgusta...
Impossibile non essere d'accordo. Annuisco e cerco di cambiare discorso.
– Hai poi fatto pace con tuo cugino?
– Ma chi, quella merda di Franco?

23

Il presentatore ride a priori, la risata fa parte del suo bagaglio professionale, come la chiave a pappagallo per un idraulico. Si guadagna da vivere ridendo, con il sudore della laringe.

La concorrente racconta la sua vita in dodici parole, ci tiene a dire che ha una grande passione per i dischi in vinile.

Il presentatore vuole sapere se è fidanzata, la concorrente si schermisce, lui aggiunge che, se dovesse vincere una bella cifra, vedrà quanti pretendenti spunteranno, suggerendo senza rendersene conto che è bruttina, ma con una dote adeguata potrebbe trovare uno straccio d'uomo. Il pubblico in studio applaude.

Comincia il gioco. Mentre la musica crea una spirale di tensione, il presentatore cambia tono, «D'accordo, abbiamo riso e scherzato, ma adesso basta», lascia intendere.

La regia alterna l'inquadratura del suo volto con quella della concorrente, con sapiente banalità.

La donna fornisce la sua risposta. Il presentatore le chiede se è davvero convinta, non si capisce se per aiutarla o per trarla in inganno.

La concorrente non è del tutto sicura, però non trova un'alternativa valida.

Il tempo scade.

Il presentatore la tira un po' per le lunghe, lo pagano anche per questo. Ha una faccia seria ma vuol dire poco, a volte, per far crescere l'emozione lo fanno, fingono di avere una notizia ferale in serbo, poi invece annunciano che la risposta è giusta e tutto finisce bene.

Stavolta no. La risposta è sbagliata in maniera apocalittica, come se la concorrente avesse risposto: «Burro» alla domanda: «In che data fu sottoscritta la Costituzione?»

Per un attimo mi aspetto che la donna colpisca il presentatore con lo sgabello su cui è seduta, lasciandolo a terra moribondo. Non accade. Dice che è stato divertente giocare, ringrazia tutti. Ha perso una quantità di denaro che non vedrà mai piú in vita sua, ma simula una signorile indifferenza.

Il presentatore ride – non posso dire inaspettatamente –, saluta il pubblico e dà appuntamento alla sera seguente.

Spengo l'apparecchio.

La televisione è l'ovvio dei popoli.

Esco dal portone di casa che è ancora buio, come tutte le mattine, dal lunedí al venerdí.

Noto subito la sua mancanza.

La vecchia carcassa di frigorifero non c'è piú.

Giro intorno ai bidoni per controllare se qualcuno ha spostato il triste reperto. Niente, non se ne vede l'ombra, l'hanno portato via. Potrebbe essere stata la Nettezza urbana, accadono anche cose inattese nella vita.

L'unico dato certo è che lo châssis non si trova piú nel luogo dove si trovava ieri sera e dove ha alloggiato per quasi due mesi.

Mi dispiace. Mi ero affezionato a quel lurido scatolone di plastica senza sportelli, accasciato su un fianco come un capodoglio spiaggiato.

Mi manca.

Esiste un aspetto del nostro carattere collettivo che si manifesta con chiarezza in circostanze del genere: noi italiani ci abituiamo a tutto, al punto da sentire la mancanza del cadavere d'un elettrodomestico abbandonato in strada.

Al suo posto hanno lasciato un piccolo barbecue portatile ancora pieno di carbonella.

Magari tra un mese vorrò bene anche a lui.

I figli servono a mettere in discussione i padri. È una vocazione, un dovere generazionale, il senso del loro sopravvivergli. Gli argomenti non mancano: la politica, la musica, diversi concetti di famiglia e di lavoro.

Io con i miei due figli discuto di Supereroi.

Lo scontro è sempre duro, serrato, i toni si alzano, com'è inevitabile quando si tratta un tema cosí delicato e importante.

Le mie due gemme trovano normale e anche giusto che i Supereroi – arrivati a un certo punto della loro carriera – muoiano. E intendono una morte reale, definitiva, identica a quella che tocca a un impiegato del catasto, a un piastrellista, a uno scrittore. Io al massimo sono disposto a tollerare, per la categoria in questione, una finta morte, un decesso fittizio dal quale il paladino torni al piú presto, spiegandolo con motivazioni scrupolosamente incredibili, per poi riprendere la sua eterna lotta contro il Male.

– Sono dei combattenti, – mi dicono i due ammutinati, – è normale che possano morire. È del tutto logico.

Questo non lo accetto. Se la mettiamo sul piano della logica è finita. Se ci attenessimo al raziocinio, tutti i personaggi dei fumetti dovrebbero essere morti dopo un paio di pagine. Una strage di gente in calzamaglia. Prendiamo Dare Devil: un avvocato non vedente che per eliminare il crimine dalla città indossa una tutina rossa e si butta giú dai grattacieli.

27

Nella vita vera lo troverebbero immediatamente sfrittellato sul marciapiede sottostante.

Invece no, la storia nel giornaletto ci racconta che il Diavolo Rosso ha acquisito degli straordinari poteri, tra cui un senso radar che gli permette di fare piroette sul Chrysler. Un'ipotesi benedetta, contraria a ogni buonsenso.

– Quello che sostenete mortifica la fantasia... i Supereroi non possono morire, altrimenti sarebbero già morti –. Mi rendo conto che mi sto accalorando. Solo io, il piú vecchio. I miei figli mantengono un invidiabile aplomb.

Quando ero bambino, s'accese un lungo dibattito tra noi scolari per stabilire se Batman esistesse o meno. Fu un confronto difficile e doloroso, avevamo dei sospetti ma nessuno voleva rinunciare al sogno. Alla fine, da bravi, piccoli italiani trovammo un compromesso soddisfacente: Batman esisteva, ma in America. Non potevamo vederlo ma c'era.

L'opposizione domestica però non accenna a deporre le armi, tira in ballo addirittura la mitologia scandinava.

– D'accordo, accetto l'idea che i Supereroi possano morire, che la realtà governi anche l'immaginazione. Ma soltanto a una condizione.

– Quale? – s'informano i pulcini mannari.

– Che venga loro riconosciuta una pensione reversibile.

C'è sempre qualcuno che cerca di sistemare la cravatta al maiale, o che ride ai funerali.

Quella moglie era talmente onesta che non solo non sarebbe mai andata con un altro uomo, ma non andava nemmeno con il suo.

Era cosí razzista che si rifiutava di fare lavatrici di colore.

In alcune signore, il pelo che hanno sullo stomaco è pericoloso quasi quanto quello che hanno sotto.

Il farmacista augura a tutti una lunga vita malaticcia.

Per fortuna non siamo piú allo sbando: abbiamo centrato il platano.

Possono privarci di molte cose, della libertà e della speranza nel futuro, ma non del diritto fondamentale dell'essere umano: rovinarsi la vita.

L'Umorismo è un punto di vista, un metodo di sopravvivenza, una condanna. È la piú profonda forma di malinconia.
Proprio per questo appare indispensabile che le istituzioni, con il necessario coraggio e la dovuta determinazione, affrontino un problema grave e inveterato, quello dei finti spiritosi.
Chi appartiene a questa categoria, non conosce riposo

né pietà. È un individuo che ha deciso di sostituire la Natura con la volontà e di usare la risata come metodo per accertarsi che il mondo lo tenga nella dovuta considerazione.

Se i falsi invalidi sono una sciagura per la società, i falsi validi possono esserlo anche di piú.

Avere un collega di lavoro, un portinaio, un parente finto spiritoso è una brutta gatta da pelare.

Piero appartiene a questa etnia, lo conosco da quando eravamo ragazzi, migliaia di battute insipide fa. Gli voglio bene, desidero che sia sereno, in salute e che il suo lavoro da odontotecnico gli permetta sempre di vivere decorosamente. A volte desidero anche che sia muto.

Piero vive in continuo agguato, nell'attesa di poter piazzare la zampata. Vuole renderti felice fino ad ammazzarti. E subito dopo, sogghigna. Sogghigna delle sue stesse battute, le dice e ride, spesso nel silenzio generale. Non è in grado di capire che non sono divertenti, perché in lui scatenano un'ilarità irrefrenabile. Non distingue il confine tra Bene e Male, è il Nietzsche della freddura.

La politica internazionale come la nuova proprietaria della tintoria sotto casa, la cicoria ripassata in padella come la sonda americana su Marte, tutto può essere uno stimolo per la sua comicità perversa.

A volte cerco di frenarlo affrontando argomenti tristi, inventandoli addirittura. L'ultima volta che ci siamo visti ho fatto morire uno zio inesistente. Lui ha cambiato espressione, mi ha detto qualche frase di circostanza, ma nei suoi occhi brillava la luce folle del guitto.

Forse avrei dovuto dirgli la verità, tanti anni fa. Ma ormai è troppo tardi, non c'è piú nulla che io possa fare, se non sorridere e svicolare.

A volte mi consegno alla sua furia, per affetto o magari perché sto attraversando un periodo meno tormentato del solito. Gli fornisco il «la» e rimango immobile sotto la sassaiola delle sue arguzie. In quei momenti lo vedo raggiante e mi fa piacere.

Credo che non sia lui da commiserare, ma io. Alla fine dei giochi, non c'è dubbio, si sarà fatto molte piú risate di me.

Tommaso aspettava Sandro nel parlatorio. Aveva imparato a conoscere quel posto di confine, nel corso degli anni gli era diventato familiare come sanno diventarlo le cose tristi, una malattia cronica, una macchia di muffa sul soffitto, un saggio di fine anno di flauto dolce.

Andava a trovarlo tutte le settimane. Anche quel pomeriggio, mentre fuori pioveva ed era già buio, lo vide arrivare accompagnato da un agente della Penitenziaria e sedersi di fronte a lui.

Rimasero in silenzio per un po', lo facevano sempre prima di cominciare. Sembrava avessero bisogno di prendere la rincorsa. Fu il ragazzo, Tommaso, a rompere il silenzio, raccontò dei suoi studi, di cosa si aspettava dall'ultimo anno di liceo. Ma si teneva sulle sue, aveva pudore a parlare di progetti con un uomo che non poteva averne.

Sandro scontava una condanna a ventotto anni per sequestro di persona. Aveva rapito Tommaso, quindici anni prima.

– Quella ragazza di cui mi parlavi la volta scorsa?

– Vedo che fa la vaga, – rispose il ragazzo, – mi sa che non le piaccio.

– Purtroppo la Costituzione glielo permette.

Tommaso sorrise e assaggiò l'unghia del pollice destro.

– Come stanno i tuoi genitori? – chiese Sandro.

32

– Bene, per quello che ne so. Mia madre sta lanciando una nuova linea di moda, borse oppure stivaletti, non l'ho capito. Corrado dovrebbe presentare un talent, ma non so se ha accettato...

Mentre la madre vedeva riconosciuta dal figlio la propria specializzazione, il padre continuava a essere chiamato per nome, come se dovesse ancora superare un esame per avere diritto al titolo.

– Parlano mai di quello che è successo?

– Mai, – rispose Tommaso.

Un buco inatteso, prodotto dalla confusione dei due uomini, prese per qualche secondo il posto di quella conversazione.

– Non ti sembra strano? – riprese il detenuto.

– Sí.

La prepotenza c'indigna, ma le stranezze ci lasciano senza parole.

– Qualche volta ho provato a parlargliene, ma loro troncavano di netto, cosí ho smesso, – faticò a dire Tommaso.

– Hai fatto bene.

Nella sala del parlatorio entrò una piccola processione, la guidava un energumeno tatuato, sembrava venuto al mondo per esserne emarginato.

– Non ti ho mai chiesto scusa per averti rapito da bambino... – ruppe il silenzio Sandro.

– Non ti ho mai ringraziato per averlo fatto, – rispose Tommaso.

– ... vedevo quasi ogni giorno le tue foto sui social, – continuò l'uomo, – quelle tutine di marca, i giocattoli che tenevi in mano, magari eri felice, eppure... avevi una faccia strana, triste, forse mi sbagliavo... pensai che era intollerabile, che dovevo salvarti... anche tu avevi diritto a startene tranquillo, a giocare sdraiato per terra in camera tua, a scaccolarti, a sporcarti i vestiti con il gelato, a non

33

comparire ogni santo giorno sui social... cosí, quando mi capitò l'occasione... a quell'inaugurazione in centro... ti presi e ti portai via.

Sandro aveva detto tutto in un fiato solo e adesso se ne stava spolmonato sulla sedia, come se cercasse di riabituarsi a respirare prendendo delle piccole sorsate d'aria.

– Lo so, è per questo che vengo a trovarti, – disse il ragazzo.

– Mi sembrava la cosa giusta da fare... Ma forse non lo era.

– Sí, per quello che mi riguarda. Sono addolorato che tu la stia pagando in questo modo.

L'energumeno tatuato cominciò a piangere con un barrito struggente, essiccato da ogni speranza. Una donnina piccola piccola che gli stava vicino prese quel testone tra le mani e gli parlò piano nell'orecchio.

– Quando tornai a casa, – ricominciò Tommaso, – le cose cambiarono. In meglio. Non so esattamente cosa pensarono i miei genitori, non ne abbiamo mai parlato, ma decisero che non era piú il caso d'insistere con me, specie dopo che quella psicologa disse in tv che non dovevo piú essere esposto, perché era necessario che smaltissi il trauma. Poi nacque mia sorella e l'attenzione, per fortuna, si spostò su di lei.

Tommaso si dondolò per qualche secondo sulla sedia, cercando la posizione piú comoda nella grande scomodità di tutta quella situazione.

– La settimana scorsa, nel tempo libero, ho cominciato a lavorare nella clinica veterinaria di un amico. Do una mano, tengo pulito. Sono contento.

– Sei contento? Davvero? – la curiosità di Sandro riprese vigore.

– Molto.

34

– Bene, bene, allora. Bene.

La guardia si avvicinò per avvertire che l'orario dei colloqui era terminato. I due si salutarono.

– Grazie ancora, – disse il ragazzo. Si alzò e, mentre raggiungeva l'uscita, si voltò verso il recluso. – Giovedí prossimo ti porto qualcosa da leggere. Scelgo a gusto mio.

Sandro fece segno di sí con la testa, guardò Tommaso uscire e la pianta rachitica vicino alla porta muovere le sue foglie per lo spostamento d'aria.

Mio figlio mi dice che se non compari sui social per due ore ti danno per morto. Mah.

A quanto ne so, anche i morti stanno sui social.

Ricordo bene quello che accadde a casa del comico. Ero giovane, scrivere per un personaggio televisivo mi sembrava un punto d'arrivo, un'orchidea profumata che sbocciava nel mio curriculum, concimato fino a quel momento con lavori di secondo piano.

Entrai nell'elegante palazzo dei Parioli. Il portinaio sedeva nella guardiola, e tutto sarebbe rientrato nella norma, non fosse stato che indossava una livrea con gli alamari.

– Dove va? – mi domandò, bello come un trombettiere degli ussari, anche se la tromba in questione era quella delle scale. Dissi il nome del comico. La parola d'ordine era giusta, mi lasciò passare.

Fui accolto da una domestica dall'aria rassegnata, m'accompagnò nel soggiorno, grande come il Molise, dove il comico sedeva in compagnia di Federico, autore di fama e di talento, nonché mio maestro.

Arrivò la moglie del comico. Si portava dietro una testa enorme, un ritrovamento archeologico piú che una parte del corpo. Possedeva una bellezza sguaiata, i suoi grossi seni sodi erano una didascalia: «Ecco perché lui mi ha scelta».

Mentre la donna parlava con un leggero tono di disgusto nella voce, mi guardai intorno. Gli arredi erano costosi. Sarebbe stato impossibile fare un censimento dei divani, numerosi come bisonti in una mandria al pascolo.

Quando la Nike di Samotrucida (la battezzammo cosí con Federico) se ne fu andata, iniziammo a parlare dello spettacolo da scrivere per il comico. Lavorare con Federico era bello, perché in genere si parlava di tutt'altro. Se dovevamo stendere la puntata di una fiction, chiacchieravamo per due ore di gente dello spettacolo che conoscevamo. Lui raccontava aneddoti, tratteggiava i ritratti di personaggi straordinari che aveva incontrato, scrittori, attori, mignotte. Gli ultimi venti minuti erano dedicati a scrivere qualcosa.

Quella volta però non fu cosí, il comico ci spiegò cosa voleva e noi lo assecondammo con la viltà tipica della nostra categoria. A un tratto il cellulare di Federico squillò e lui si alzò per andare a rispondere sul terrazzo. Io e il committente rimanemmo soli.

– Vogliamo far fuori Federico?

Non capii subito. Il comico mi guardava immobile, s'era trasformato nella propria fototessera.

– Dico... vogliamo escluderlo dai diritti d'autore?

Lo stava dicendo davvero. Federico s'era assentato un attimo e sarebbe stato un peccato sprecare quel momento, glielo leggevo in faccia.

Ma Federico rientrò e riprendemmo a lavorare come se niente fosse. Dopo un'ora ci accomiatammo, Federico raccolse i suoi quattordici pacchetti di sigarette, io gli appunti che avevo preso, non senza difficoltà, durante quella strana riunione, un po' avanspettacolo e un po' attentato a Giulio Cesare.

Uscimmo e ci trovammo in strada.

Raccontai immediatamente a Federico quello che era successo durante la sua breve assenza. Lui sorrise, accese l'ennesima sigaretta e disse: – Lo so, lo so... lo fa spesso...

Ogni volta che ne vedo uno, mi stupisco. C'è ancora gente che butta il pacchetto di sigarette in terra. Una barbarie anni Settanta, un gesto da compiere indossando pantaloni a zampa d'elefante, una maleducazione che credevo superata da inciviltà molto piú moderne. C'è da inquinare fiumi e mari, seppellire scorie radioattive sotto coltivazioni di pomodori e zucchine, estinguere qualche decina di specie animali che si ostinano a voler sopravvivere. Invece, esiste ancora chi spreca il suo tempo gettando sull'asfalto una scatoletta di cartone, individui che si accontentano di questa piccola azione infame.

Che mancanza di ambizione.

Dio ci ha creato per aspirare a grandi imprese: bruciare boschi e spargere diossina nell'aria. Se quest'anelito all'infinito cede il passo alla mediocrità, non avremo piú orizzonti. Quanto tempo ci metteremo a distruggere il pianeta, a forza di pacchetti accartocciati? Millenni! Quando raggiungeremo l'obiettivo, la Terra potrebbe già non esistere piú da secoli, annientata da un cataclisma naturale o dall'impatto con un meteorite.

Vorrei incontrare uno di questi abbandonatori di confezioni e dirgli in faccia: – Ma Černobyl' non ti ha insegnato niente?

Ascoltare la radio in televisione è un controsenso, come fare l'amore senza toccarsi.

La radio non va vista, è un mestiere che si fa in ciabatte, con la barba incolta, mangiando anacardi e tirandosi scappellotti a vicenda durante la messa in onda delle canzoni. Lo studio radiofonico ha il fascino di un piccolo bistrot, se lo si impupazza per riprenderlo con le telecamere pare una vecchia truccata per sembrare una sedicenne. La radio non va vista, svelare il mistero è controproducente, lo insegnano tutte le religioni, che durano da millenni proprio perché non svelano nulla.

Puoi tenere inchiodati davanti all'apparecchio milioni di persone facendo parlare, con una voce strana e gracchiante, un animale immaginario: la gente telefonerà per fargli domande, gli vorrà bene, chiederà di interagire con lui. Ma se mandi le telecamere, la cosa non funziona piú e per un motivo semplice: quell'animale non esiste. Si chiama fantasia. E nel gioco della radio non è sufficiente la fantasia di chi conduce, serve anche quella di chi ascolta.

Nel negozio d'abbigliamento in cui mi trovo, guardo sullo schermo due conduttori di sesso opposto che parlano alternandosi, un commento disinvolto dopo l'altro e poi via con la musica. Se parlassero trenta secondi in piú, probabilmente gli lesserebbero i genitali con la corrente elettrica. Lui indossa giacca e jeans, lei è addirittura in lungo: si sono vestiti da radio.

Mi sembra di sentire l'odore del dopobarba di lui e della colonia di lei.

La loro emittente è la piú ascoltata.

Sono livoroso, ho torto marcio, sono stupido e pieno di spocchia e non lo dico per vantarmi. Quello che fanno loro io non saprei farlo. Quando mi trovo davanti a un microfono parlo, faccio giochi di parole, cerco di dire cose divertenti, non mi do pace.

Sono già vecchio a cinquantasei anni, ho voluto avvantaggiarmi.

Comunque la camicia non la compro.

Ho appena finito di sentire le notizie del Giornale Radio. Il Presidente del Consiglio ha detto basta alle polemiche, e ha promesso, a nome del Governo, un silenzio operoso. A pensarci bene, forse preferirei una caciara inerte. Prendo appunti per un racconto breve:

La grande alluvione aveva devastato il Paese. Certo, dipende molto dal punto di vista: quando la pioggia cessa, i campi diventano piú fertili. Se però non sei un contadino, te ne fotti e parli di «disgrazia». Nessuno in passato aveva mai visto un'alluvione come quella. Non esistevano precedenti che gli anziani potessero raccontare ai piú giovani.

Le cose erano andate come vanno sempre in questi casi: la piena aveva rotto gli argini e la furia della Natura s'era riversata sul mondo.

La popolazione era attonita, mentre le Autorità e gli uomini della Protezione civile osservavano con addolorata attenzione le piazze, le strade e i monumenti, valutavano i danni e cercavano di farsi forza.

Era la prima volta che la Laidezza stripava, per anni alcuni studiosi lungimiranti avevano lanciato l'allarme, ma nessuna istituzione s'era mai sentita in dovere di preoccuparsi.

Poi, un giorno di maggio, la dichiarazione di un viceministro sull'accoglienza da riservare ai profughi, riportata dai media con una certa rilevanza, scatenò gli eventi.

Da quel momento, il fiotto aveva iniziato a scorrere, sempre piú impetuoso. Le conseguenze furono sottovalutate, atteggiamento ricorrente nella storia dell'umanità sin da quando una mano colse quella mela nel giardino dell'Eden.

Si pensava di riuscire a tenere la cosa sotto controllo, di poterla ammaestrare come un pony del circo. Ma se hai appeso male al muro del bagno la cassetta del pronto soccorso, quella prima o poi si staccherà e cadrà giú.

Le parole dell'uomo politico da ruscello divennero fiume, poi ondata di piena, nel giro di poche ore tutte le strade e le piazze del Paese riecheggiavano di frasi discriminatorie. Neri, omosessuali, ebrei, tuareg, daltonici e balbuzienti, tutti vennero travolti dalla sua furia.

Poi dilagarono i tatuaggi tribali e gli ideogrammi sui corpi di persone che ne ignoravano del tutto il significato: braccia, spalle, cosce e polpacci timbrati da una trasgressione conformista. Secondo le stime del ministero degli Interni si tatuarono ventimila metri quadri di pelle umana, escludendo le ascelle.

La Polizia e i Carabinieri stentarono a contenere le decine di migliaia d'individui che, senza alcuna autorizzazione preventiva, parteciparono alle sfilate di moda per le vie delle città, tutto un trionfo di tessuti e pelli lavorate. I poliziotti caricarono la folla piú volte, ma non è facile picchiare gente vestita di taffetà.

I comportamenti collettivi erano fuori controllo, il Governo pensò che fosse il caso di tirare in ballo l'Esercito. Gli uomini, al comando del generale Martuscello, fecero irruzione in una decina di luoghi dove erano stati organizzati combattimenti clandestini di opinionisti televisivi, gare di sfanculatori mediatici e artigiani dell'epiteto scurrile. Si registrarono centosettantaduemila fermi, ma tutti gli arrestati vennero rilasciati quasi subito.

Intanto, numerosi concerti spontanei di musica indie e trap riempivano l'aria di versi come «Anche un gabbiano chiede Novalgina | quando è malinconico di mattina». Due reparti di Fanteria motorizzata disertarono, passando dalla parte dei musicisti, scrivendo una delle pagine piú disonorevoli nella storia delle nostre Forze armate e un brano dal titolo *Gaetano sei un nano*.

La stampa sostenne che era necessario cercare d'interpretare il fenomeno, sforzandosi di capirne le ragioni e inventandone alcune di sana pianta.

L'alba del quarto giorno fu caratterizzata dalle danze caraibiche sfrenate di cittadini con reddito superiore ai due milioni di euro – non obbligatoriamente dichiarato, è ovvio – che, completamente oliati e vestiti con colori sgargianti, si scatenavano dentro bar e supermercati, suscitando il plauso e le foto del volgo.

L'inondazione poi s'era fermata, la sera del quinto giorno. Il Paese, frastornato e sgomento, era rimasto immobile, in attesa che accadesse chissà cos'altro. Il trascorrere delle ore aveva, piano piano, confortato anche gli animi piú apprensivi. Si tornava a vivere.

Gli uomini dello Stato e i volontari diedero una ripulita, sgorgarono le fognature e liberarono le strade. Si lavorò ininterrottamente, con coraggio e abnegazione.

Qualcuno non parlava piú, qualcun altro invece ritirava su la testa. C'era chi lanciava proclami, ma quelli non mancano mai.

Si poteva ricostruire e cosí si sarebbe fatto, pure se nel cuore di ognuno albergava una certezza.

Quello che era successo una volta, poteva accadere di nuovo.

Paradossale? No, forse troppo realistico. Meglio tenerlo nel cassetto, insieme ai suoi fratelli malformati. Il mio piccolo ospedale degli orrori.

Non riesco a stare dalla parte dei cattivi, a immedesi-
marmi con un malvivente o con uno psicopatico per quanto geniale.

Ho sempre sperato che Ginko arrestasse Diabolik, fin
da bambino.

I miei ragazzi, invece, seguono con preoccupante parte-
cipazione una serie televisiva che racconta la grande rapina
alla Zecca da parte di un gruppo di criminali.

La prospettiva degli sceneggiatori ribalta i valori abi-
tuali, chiedendo agli spettatori d'identificarsi con i rapinatori, che rappresentano l'Umanità e hanno grandi problemi personali: famiglie devastate, figli affidati a coniugi
violenti, malattie incurabili. La Polizia, invece, è un esercito di automi che spara di continuo, anche con una certa
maleducazione. Il suo Capo è cinico, spietato e conduce la
trattativa ricattando un membro della banda.

Mi rifiuto di seguire l'episodio in onda, benché sia stata avanzata una richiesta ufficiale da parte dei miei figli,
appello al quale – in genere – non mi sottraggo mai.

– Ma papà, loro per l'opinione pubblica sono degli eroi...

– Sono dei ladri e a chi tifa per loro, beh, non preste-
rei l'automobile...

Mi rendo conto di essere troppo rigido, un Javert a buon
mercato, un monolite cui sfuggono le sfumature dell'esistenza. Ho il senso della giustizia di uno scolaro delle ele-
mentari, divido in maniera grossolana gli uomini in buoni
e cattivi. E, la cosa peggiore, è che non intendo cambiare.

Un fermo immagine sul teleschermo dà l'avvio al dibattito.

– Papà, il loro non è un gesto criminale... derubano la Zecca, che ha stampato denaro per permettere alle banche di far ripartire l'economia, cioè dare prestiti e concedere mutui. Invece le banche quei fondi se li tengono... la banda ha deciso di fare il colpo per rimettere in circolo quei soldi... – La mia ragazza studia Economia, è un osso duro.

– Quindi si tratta di una rapina ad opera di un gruppo di economisti? – tendo la trappola io.

– In qualche modo sí.

– Saranno i rapinatori a rimettere in moto l'intero sistema produttivo? E la gente dovrebbe fidarsi di loro? E poi, consideriamo che il colpo dovrebbe ammontare, a quello che ho sentito, a 2400 milioni di euro... gli ci vorranno almeno una mezza dozzina di reincarnazioni per spenderli tutti. A scopo benefico, s'intende.

Mia figlia comincia a scaldarsi, mi accusa di giocare con le parole. Certo, è il mio mestiere. Lei però è programmata per avere ragione e insiste, la sua altera intelligenza di femmina emancipata non indietreggia.

Esistono molti modi di vedere le cose, questo credo di averlo imparato. Il mio punto di vista medievale susciterebbe critiche anche in Riccardo Cuor di Leone.

«Sei troppo arretrato, vecchio mio», mi direbbe.

Questa è la favola di Gnoccoletto, il giullare del Re, una piccola storia circolare.

I suoi lazzi divertivano l'intera corte. I nobili, benché avessero il senso dell'umorismo di un portaombrelli, lo amavano e lo riempivano di regali costosi. Le cose però possono cambiare da un momento all'altro, come capiamo tutti dopo essere stati un po' masticati dalla vita.

Anche Gnoccoletto stava per impararlo.

Una sera, mentre nella reggia si svolgeva una grande festa, il giullare si lasciò sfuggire una battuta sul culo della Regina, tanto grande che Sua Maestà avrebbe potuto lottizzarlo e renderlo edificabile.

Il Re rise di gusto, poi il suo sguardo incontrò quello della consorte e capí che, se voleva uscirne vivo, doveva fare qualcosa.

– Che Gnoccoletto sia bandito dalla Nostra presenza! – gridò, fingendosi indignato.

Cosí, il piccolo buffone fu gettato dagli armigeri fuori dal palazzo reale e diffidato dal tornare.

Gli anni passarono, il saltimbanco si guadagnava da vivere esibendosi nelle piazze dei paesi e aveva un grande successo, la sua fama cresceva piú del sedere della Regina ed era tutto dire.

Nel cuore di Gnoccoletto, però, albergavano propositi di vendetta. Egli non dimenticava il torto subito a corte. Cominciò, nel corso dei suoi spettacoli, a parlar male del Re, prima in maniera velata, definendolo «il despota tambureggiante», poi sempre piú scoperta, chiamandolo «il marito della culona». Il popolo si divertiva, sghignazzava e batteva le mani, anche perché il Sovrano era un gran bastardo e i suoi scagnozzi laidi e corrotti.

In capo a poco tempo, il giullare ebbe un seguito che nessun altro suddito del Regno poteva vantare. A poco a poco, la sua platea si trasformò in un movimento d'opinione, poi in un'associazione di uomini e donne che avevano qualcosa in comune: un progetto di società, un'idea di cambiamento ma soprattutto il fatto di avere tutti sulle balle il Re. Il monarca intanto s'indeboliva giorno dopo giorno, divorato dalla gotta, isolato dai Regni confinanti e sempre piú preoccupato dalle natiche della Regina, le cui dimensioni la rendevano ormai intrasportabile.

Una bella mattina di marzo, il Re accettò di andare in esilio. I rivoluzionari di Gnoccoletto indissero libere elezioni e le vinsero.

Una libertà tutta nuova si respirava nel Paese e gli uomini del saltimbanco scrissero un documento nel quale elencavano le grandi riforme che volevano realizzare, facendo tremare le istituzioni e soprattutto i congiuntivi.

Tutti gli altri giullari del Regno allora, galvanizzati dalla fine dell'oppressione, iniziarono a cantare e a ballare per le strade, a canzonare e a burlare tutti, com'era scritto nella loro fondante, invisibile doppia elica. Oltre a magistrati, sbirri e notabili, presero a dileggiare anche Gnoccoletto.

– Siete indegni servi del Potere, ignobili lacchè del Re, nemici della mia rivoluzione! – s'inalberò il faro della Patria.

– Ma come? – risposero i giullari. – Un tempo anche tu ridevi di tutto e di tutti... sei stato cacciato dal palazzo reale proprio per questo!

La polemica durò poco, Gnoccoletto scoppiò in una breve risata, abbracciò i colleghi e li fece decapitare.

La morale di questa favola è lampante, chiara come l'inchiostro e semplice come le complicazioni d'una polmonite: le rivoluzioni nascono e finiscono nella censura.

Sono passati quasi trent'anni.

Maledizione, vorrei aggiungere.

Facevamo un quiz radiofonico, non amavamo il genere ma eravamo giovani e voraci, avremmo realizzato anche un programma sul radicchio se l'emittente l'avesse chiesto.

Si trattava di tre domande basate su notizie riportate dai quotidiani. Nel migliore dei casi si vinceva l'equivalente di una cena a base di pesce per quattro persone, evitando magari le ostriche.

Una bella mattina ci colpí una notizia: la Polizia aveva scoperto cocaina e documenti compromettenti nella cassaforte di un generale dell'Aeronautica coinvolto nelle indagini sulla strage di Ustica.

Ne parlammo tra noi e l'arguzia che scaturí fu un buon prodotto artigianale, perché alla fine, secondo me, la satira è questo: prendere l'indignazione grezza, lavorarla per il tempo necessario e trasformarla nel prodotto finale, la battuta.

Il prodotto finale fu: «Acrobazie della Feccia tricolore». Qualche giorno dopo, l'emittente ci comunicò che, con una lettera inviata alla Direzione, il Capo di Stato Maggiore chiedeva la soppressione del programma. Non potendo difendere l'onorabilità del generale coinvolto, l'impavido guerriero aveva tirato in ballo la vedova di un pilota della pattuglia acrobatica, che s'era sentita offesa da quel gioco di parole.

Spiegammo al nostro Direttore che la battuta non voleva mettere in dubbio il buon nome delle Frecce tricolori, cosa che addirittura un Capo di Stato Maggiore poteva capire facilmente.

– Avete intenzione di scusarvi? – ci domandò il Direttore. Avevamo intenzione di scusarci? No. E non per ostentare un coraggio che avremmo dovuto noleggiare, ma per un'impossibilità «tecnica». Scusarsi, per chi fa con onestà questo mestiere, è una cosa contro natura, come chiedere a una rana di volare.

Dicemmo al Direttore che non eravamo nemici dell'Aeronautica militare. Eravamo nemici di tutti, era il nostro lavoro.

Usciti dall'ufficio con le poltroncine girevoli in pelle nera, per le quali ho sempre provato un'attrazione ai limiti del feticismo, eravamo impauriti.

– Vediamo quel che succede, – dicemmo tra noi.

Quella sera tentai d'immaginare cosa sarebbe accaduto se avessimo accettato di ritrattare.

Vidi una scena senza audio: io e il mio sodale camminavamo sulla lunga pista per il decollo di un piccolo aeroporto, andando incontro ad alti ufficiali in divisa azzurra, mentre giganteschi cacciabombardieri partivano rombando.

Noi dicevamo poche parole a capo chino, senza ricevere risposta, mentre a breve distanza, vegliata da un picchetto d'onore, una vedova in gramaglie piangeva sommessamente.

Qualche giorno dopo (pioveva e non mi sembrò un buon auspicio), il Direttore ci convocò di nuovo. Disse che aveva scritto una lettera al Capo di Stato Maggiore, garantendo che eravamo dei bravi ragazzi, quasi dei patrioti. Non ho mai saputo come la prese il comandante dell'Aeronautica, ma la cosa finí lí.

Con la satira non si fanno rivoluzioni, diffidate di chi vi dice il contrario.

Noi vendifumo abbiamo la debolezza di voler nobilitare quello che facciamo, ma i governi non cadono per una battuta, fosse anche la piú riuscita del mondo. Noi possiamo fare quella battuta, però, e prendere in giro il preside durante la ricreazione.

L'amico Bardelli monta e aggiusta proiettori nelle sale cinematografiche. Il suo nome è la scritta che mi appare in cielo quando il wi-fi non funziona o la televisione fa le bizze. IN HOC SIGNO AGGIUSTAT.

Quest'uomo buono e generoso, che conosco ormai da quarant'anni, con la sua abilità manuale dà un senso al pollice opponibile che io disonoro.

Mentre lavora sulla scala con un cacciavite in mano, mi racconta una piccola storia.

– Ti ho mai parlato della credenza che mia zia Emma teneva nel soggiorno?

– No, – rispondo.

– Era un mobile bellissimo, in rovere sbiancato, aveva due grandi ante sulle quali zia teneva attaccate le foto dei parenti e degli amici piú cari. I vivi sull'anta destra e i morti su quella sinistra. Quando qualcuno passava a miglior vita, zia Emma non faceva altro che spostare la foto da una parte all'altra.

L'amico Bardelli continua a lavorare, per qualche minuto non parliamo piú. Ma io non faccio che pensare a quello che ha detto.

Alla fine, la condizione umana è semplicemente questa: si vive, si ama, si soffre, si fanno progetti, si gioisce, s'incassano sconfitte.

Poi, si viene spostati da un'anta all'altra.

Dopo aver consultato il responso degli ultrasuoni, l'endocrinologo mi dice: – Dobbiamo fare un ago aspirato. In tutta sincerità, aspiravo ad altro.

Faccio finta di non essere spaventato dalla prospettiva, l'età adulta ci costringe a simulare sicurezza e distacco, anche se a volte mi sembra che questa mia presunta imperturbabilità sia credibile come un bambino travestito da pirata a carnevale.

– Ah, benissimo, – esclamo, con l'entusiasmo di chi realizzi finalmente un sogno.

Un parente e un paio di amici – per tranquillizzarmi – mi garantiscono che la tiroide non è un organo vitale, nel peggiore dei casi si può vivere anche senza.

«Se ce l'hanno messa, un motivo ci sarà», avrei voluto rispondere, ma non l'ho fatto.

Mi fanno aspettare una manciata di minuti in una piccola anticamera, dalla porta del bagno semiaperta, complice il galleggiante difettoso nella cassetta, arriva il suono dell'acqua che scorre all'interno del water.

Se mai volessi fare delle riflessioni sull'immensa fragilità dell'esistenza umana, sarebbe il luogo e il momento giusto.

L'illusione del successo, l'inganno delle certezze quotidiane, un pomeriggio d'estate trascorso dentro una Cinquecento a parlare di niente, il ricordo di mio nonno, le cose che non ho detto ai miei genitori, le occasioni perdute, non ho mai avuto un cane.

Sono momenti come questo, – mi dico, – che ci offrono l'opportunità di capire, di rivalutare, di pentirci, forse addirittura di cambiare.

Firmo il consenso informato senza leggere cosa c'è scritto sul foglio: preferisco un consenso all'oscuro.

Lo specialista ci tiene a darmi delle spiegazioni, la procedura prevede che, quando il nodulo abbia un diametro superiore a un centimetro, si prelevi un po' di tessuto per eseguire la biopsia. Il mio piccolo megalomane è di quattordici millimetri. Intorno a lui ci sono quattro fratellini piú piccoli, le cui dimensioni però non meritano rispetto.

Mi distendo sul lettino con un cuscino dietro la nuca, il pensiero dei sacrifici umani degli aztechi viene a salutarmi.

– Si rilassi, mi raccomando.

La mia idea di relax non collima con un ago infilato nella gola, ma annuisco con un sorriso. Il medico armeggia con l'ecografo, per un attimo spero che ci sia un guasto e tutto venga rimandato.

– Quando glielo dico, deglutisca.

L'ecografo bastardo funziona. Deglutisco e aspetto, trattenendo il fiato. L'ago penetra e lo sento, cerco d'imbrogliarmi pensando: «Credevo peggio». Il pungiglione s'inoltra ancora un poco, stavolta la trivellazione è piú brutale, trattengo un mugolio, mentre le dita grattano leggermente la superficie del lettino.

– Ancora qualche secondo… – mi conforta lo specialista.

Quando l'aculeo viene rimosso, quasi fossi nato a Recanati, capisco che la felicità non è tanto il raggiungimento del benessere quanto la cessazione di un supplizio.

Torno a sedermi di fronte al tipo che è stato il mio carnefice e che ora mi appare un filantropo, un santo, il mio benefattore. Non è piú colui che mi ha infilato l'ago nel collo, ma colui che lo ha tolto.

– Per avere il risultato delle analisi ci vorrà una settimana, al massimo dieci giorni, – mi dice, scrivendo qualcosa sulla sua agenda.

Ma sí, una settimana, dieci giorni, un mese, non importa, va tutto bene e andrà sempre meglio, il grano rende d'oro i campi, il cielo è cristallino e l'ago aspirato fa ormai parte del passato.

Vado alla cassa a pagare e la suorina indiana che mi ha accolto al mio arrivo, un topolino velato vestito di bianco, adesso, tutto sommato, mi sembra una bella donna.

Esco dalla clinica e sono in strada, salgo in automobile e imbocco la Tiberina.

Prendo il raccordo, c'è traffico, un tizio s'immette senza mostrare il minimo istinto di sopravvivenza. Suono il clacson:

– Attaccati a un pilone.

Penso che stasera dovrò scrivere qualcosa per la trasmissione, poi c'è la riunione di condominio. Devo trovare una vittima a cui rifilare la delega.

Pochi minuti e sono tornato lo stronzo di prima.

Stanno intervistando il noto chef in una trasmissione radiofonica.

Dopo pochi istanti che lo sento parlare, non capisco piú chi sia, di cosa stia parlando e per quale motivo io mi trovi lí, seduto al volante, ad ascoltare.

Le uniche domande opportune e dignitose da fare a questo signore dovrebbero riguardare il timballo di riso e la ricetta del tiramisú, lui dovrebbe rispondere in maniera semplice e chiara, invitando gli ascoltatori a prendere nota. Invece l'intervista si trasforma in una conversazione variegata nella quale il cuoco – bisogna pure che qualcuno abbia il coraggio di pronunciare questa parola – si tramuta di volta in volta in qualcos'altro.

– Ho sempre creduto nell'importanza della sperimentazione. Si possono raggiungere risultati straordinari se solo si ha il coraggio di scandagliare le infinite possibilità a nostra disposizione...

Chi accendesse la radio in questo momento penserebbe di avere a che fare con un fisico sperimentale.

– ... il mondo oggi è molto piú piccolo di quello che hanno conosciuto i nostri nonni. Il tuo lavoro, il lavoro di chiunque, deve avere un respiro piú ampio, essere diretto non solo al mercato nazionale ma alle tante possibilità offerte dalla globalizzazione...

Un economista, reduce da un summit internazionale.

– ... le emozioni, le sensazioni degli uomini sono sempre le stesse, dall'antichità ai giorni nostri. Cambia il modo di raccontarle, di esprimerle, di renderle comprensibili...

Ecco uno scrittore che conosce l'animo umano e lo racconta nei suoi capolavori.

– ... quando si parla di «alimentazione», dobbiamo capire che ci stiamo occupando di un veicolo di pace, di dialogo tra gli uomini... se si supera la diffidenza, certe differenze scompaiono in un attimo...

Non sapevo ci fosse anche il ministro degli Esteri, però mi fa piacere.

– ... credo fortemente nelle prospettive dei legumi, specie nel medio periodo, costituiscono una risposta calorica giusta ed equilibrata, sostenibile anche dai Paesi in via di sviluppo...

Incredibile come possa degenerare una pasta e fagioli.

La popolarità televisiva spinge all'ecumenismo, alla tuttologia, forse alla santità.

– Ma vai a preparare due uova strapazzate... – sbotto io, e spengo la radio.

Se ne accorgono.

Puoi tentare d'insinuarti tra loro con naturalezza, come un ramarro tra le falene, vicino a un lampione.

Sei libero di ostentare spigliatezza, d'invitarli a cena o di andare ospite per una serata nei loro loft.

Però se ne accorgono.

Può anche essere che tu gliela dia a bere per un po', azzeccando un paio di battute o raccontando qualche baggianata che li incuriosisca.

Ma alla fine se ne accorgono, sempre.

Tu non sei come loro. A un certo punto, cominciano ad annusare l'aria: se ti trovi sotto vento, sei fregato.

È una questione di ghiandole.

«Il nostro è anche un mestiere fatto di relazioni», mi disse una volta un attore, senza tenere conto che facciamo mestieri diversi.

Cosí mi è capitato, qualche volta, di azzardare una vita sociale, un gesto estremo e disperato, nel mio caso.

Il mio motto, in simili circostanze, è: «Sono qui per deludervi». Sconto un'inadeguatezza antica, un imbarazzo genetico figlio di generazioni di venditori ambulanti, operai e impiegati.

– Qui non è possibile non essere all'altezza, perché non esiste un'altezza, – mi conforta una sera un autore che in stagni del genere riesce a eseguire tutti e quattro gli stili, – guardati intorno: cosa vedi?

– Gente di spettacolo, un produttore, una cantante...

– Ma no, non differenziare, unifica. Sono una manica di teste di cazzo. Narcisi, gente innamorata di se stessa. Identici a noi, insomma. Ma noi siamo molto piú bravi di loro, abbiamo piú talento. Noi, a differenza di loro, ci siamo innamorati della persona giusta.

Sorrido.

– Non considerarli, – continua, – trattali poco, dispensa pacche sulle spalle, attacca discorso e poi allontanati (è una tecnica di guerriglia che consiglio sempre) e ogni venti minuti vai a dire una stronzata al padrone di casa. E poi mettiti vicino alla porta finestra (ce n'è sempre una) e guardali. Immaginali mentre si spremono, in preda alla stitichezza.

– Mi sembra un comportamento asociale.

– Bravo, – riprende lui, – devi esibire una certa spocchia. È come in un duello western: la devi tirare fuori tu prima che lo facciano loro. Li devi fare secchi.

A questo punto entra nella stanza un comico che conosciamo entrambi e per il quale abbiamo lavorato. Il mio amico gli va incontro, lasciandomi alle mie meditazioni da analcolico.

Aveva ragione inconfutabilmente, come chi ti dimostra, dati alla mano, che la Terra è piatta. Non basta un atto di forza a trasformare il travertino in onice.

Non fu la peggior serata della mia vita, ne ricavai persino una bella soddisfazione: anch'io, come tanti, ero un piccolo, adorabile, ripugnante camaleonte.

E comunque, se ne erano accorti.

Incontrare i pubblicitari sta diventando un problema, con il passare degli anni non riesco piú a nascondere il mio disinteresse. Durante questi incontri cado in un breve letargo, me la cavo grazie all'esperienza: ammicco, annuisco, mi lancio in qualche battuta per dimostrare che sono vigile. Dopo il programma, in una mattinata ombrosa di febbraio, mi conducono come alla sedia elettrica in sala riunioni, dove mi aspetta un numero di persone degno d'un sabato pomeriggio in un centro commerciale. Ci stringiamo tutti le mani, vengono declinate delle generalità che dimentico immediatamente. Gente dell'emittente, dell'agenzia pubblicitaria e «il cliente», un termine che mi fa sempre uno strano effetto: sento il dovere d'infilare qualcosa dentro della carta oleata.

Ci sediamo intorno a un tavolo oblungo, e prende la parola una signora bionda, che non sembra volerla restituire piú. Poi parla un'altra donna, minuta e timida, stavolta in due minuti ne veniamo a capo.

Adesso tocca al cliente.

– Siamo felici di aver comprato spazi promozionali all'interno del suo programma... anche perché credo che condividiamo gli stessi valori...

Mi risveglio dal mio torpore.

È un'azienda d'infissi in alluminio, di che valori parliamo? Forse si aspettano che mi alzi dalla sedia e dica: «Sí, anch'io credo profondamente nell'isolamento termico e nella resistenza dei metalli duttili...» Immagino il Presidente della Repubblica che depone una corona ai piedi del monumento ai caduti per l'alluminio.

– ... la difesa dell'ambiente è un obiettivo fondamentale per noi, come per voi, credo... – dice il cliente.

Ho sempre avuto una preferenza per gli infissi in legno, ma non mi sembra il contesto giusto per confessare questa mia passione.

La riunione continua, qualcuno chiede maggiori dettagli.

Cominciano a girare dei dépliant. Ne sfoglio uno, sembro un orango che abbia trovato per caso un trattato d'ingegneria aerospaziale. Tutti abbiamo delle incombenze fastidiose nella vita, formalità inevitabili che non vorremmo espletare. Riuscire a farlo senza la sciatteria che io metto in campo dimostra carattere e dignità.

Aspetto che la conversazione cada, per eseguire la mia famosa inspirazione prolungata, che significa «Benissimo... se ci siamo detti tutto...» La signora bionda, però, rilancia, chiedendo delucidazioni – che parola antipatica – sugli aspetti del prodotto che il cliente vorrebbe fossero messi in evidenza nello spot. Maledetta, possano gli adepti della setta dei Negligenti tormentarti per il resto della tua esistenza.

Al cliente non sembra vero di poter raccontare i pregi commoventi dei propri infissi. Ne parla con convinzione, s'infervora. Fa la sua parte con dedizione, mentre io riesco solo a confezionare una bolla di tempo sprecato.

Ecco un uomo in buona fede, mi dico. E capisco l'importanza di avere un credo, un binario da seguire. Vanno bene anche gli infissi in alluminio, per trovare la strada della salvezza. Sempre meglio che essere un miscredente di mezza età, che passa la vita a cercare battutine argute.

L'adunata è finita, è il momento dei saluti. Ci shakeriamo di nuovo le mani a vicenda. Quando mi trovo di fronte il cliente, mi viene da abbracciarlo, ma mi trattengo. Mentre torno in redazione, ho l'impressione di aver conosciuto un asceta.

Franco e Antonio si conoscono dall'infanzia, si frequentano, vanno in vacanza insieme, le loro mogli sono rimaste incinte contemporaneamente, come a voler rinsaldare ancor di piú l'unione tra i due.

Antonio direbbe, se qualcuno glielo chiedesse a bruciapelo, che Franco è il suo migliore amico.

Il lavoro di Antonio però va male, il suo negozio di articoli da regalo incassa poco, i servizi da macedonia non offrono piú le necessarie garanzie di sopravvivenza. Antonio deve pagare una rata e chiede soldi in prestito a Franco, quattromila euro. L'amico è imbarazzato, gli risponde che non li ha.

Antonio, sorpreso, lo ringrazia e torna a casa. Ci pensa su. Qualcosa gli è suonato fasullo nella sua voce. Dopo una notte insonne, si rivolge al cugino, che lavora come impiegato nella banca dove Franco ha il conto. Vuole sapere, anche se questo lo costringe a commettere una scorrettezza. Il cugino gli dice che Franco dispone di una somma cospicua, ben superiore a quella che lui gli ha chiesto in prestito.

Emma ha sessantadue anni e prende il tram tutti i giorni, per andare a lavorare. Trentacinque minuti di viaggio, se il traffico lo permette. Qualche volta riesce a sedersi, qualche volta resta in piedi, aggrappata a un'asta di sostegno, sballottata e pressata tra gli altri passeggeri.

Una mattina sul suo tram sale una donna, stessa espressione affaticata negli occhi ma la pelle molto piú scura. Le due donne si ritrovano in piedi, una vicino all'altra.

Un tale sulla quarantina, settanta euro nel portafogli, un figlio con poca voglia di studiare e il colesterolo troppo alto, nota la signora di colore e dice a se stesso che ne può sopportare tante, ma non la presenza di una negra sul suo tram. Cosí, si rivolge alla straniera invitandola a tornare nel suo Paese, qualunque esso sia, perché quelli come lei rubano il lavoro, le case, i parcheggi, i posaceneri e il futuro agli italiani. – Pure i negozi di frutta vi siete accaparrati! – aggiunge, con l'amarezza di chi è costretto a comprare le zucchine da mani straniere.

Nel tram cala il silenzio, la donna è impaurita, disorientata. Un paio di ragazzotti smettono di chiacchierare tra loro e si mettono a guardare fuori dal finestrino.

– Sei un cretino e un ignorante, e te lo dice una che è piú ignorante di te –. La voce di Emma esplode nell'aria, sopra il rumore farabutto del traffico.

– Ti dovresti vergognare, ma mi sa che non sei capace.

L'uomo, benché deliziosamente ariano, resta senza parole, con un'aria da fesso stampata sulla faccia. Cerca di reagire, farfugliando ancora qualcosa sull'incremento della delinquenza e delle malattie tropicali. Emma gli agita il piccolo dito carnoso sotto la faccia.

– Tu stai zitto, animale. Impara a vergognarti.

L'uomo si avvicina, sembra voglia spaccarle la testa, ma non lo fa e dopo un paio di fermate scende, lanciando un'offesa alla donna di colore.

Franco ed Emma erano due cellule dormienti.

Per molti anni Franco è sembrato ad Antonio un caro amico, un fratello. Poi, quando una difficoltà ha messo alla prova il loro rapporto, è entrato in azione, rivelandosi un estraneo, uno qualunque.

Emma ha trascorso ventun anni a smacchiare tessuti e stirarli con un ferro a vapore. Poi, nel breve tragitto in tram tra Porta Maggiore e San Giovanni, ha risvegliato il coraggio che teneva dentro, sepolto da preoccupazioni e speranze, come una vecchia bicicletta tra le cianfrusaglie di una cantina.

Una carogna e un'eroina.

Siamo un po' tutti cellule dormienti, credo. Quando meno ce l'aspettiamo saltiamo su e ci riveliamo, come pupazzi a molla dalle nostre scatole.

Ipotesi per un racconto che s'è proposta mentre correvo al parco e tutti gli altri mi superavano.

Il Signore decide di mandare sulla Terra un nuovo Diluvio Universale, non perdiamo tempo a chiederci perché, basta leggere in un qualsiasi giorno la prima pagina di un quotidiano.
Benissimo (si fa per dire).
L'Altissimo però, nella sua inspiegabile pietà verso la specie umana, desidera che ricominci da capo.
Allora chiama Eberardo il Giusto.
– Hai un brutto nome, – gli dice, – ma sei l'unico Giusto che io sia riuscito a trovare. Ho una missione per te.
– Comandi, – risponde Eberardo, che è Giusto ma non molto sveglio.
– Voglio che tu costruisca un'arca. Sai cos'è un'arca?
– Certo, – afferma l'uomo, ma sta sbirciando Wikipedia sul cellulare.
– Inizia subito, Eberardo. Mettiti al lavoro.
– Potrei cambiare qualcosa, mio Signore, se ti pregassi in ginocchio? – chiede il Giusto.
– Soltanto il tuo nome, che non si può sentire.
Eberardo rimane pensoso per qualche minuto, poi torna a parlare al suo Creatore.
– Vuoi che raccolga tutti gli animali, come chiedesti a Noè?

- No, stavolta quelli non ci cascano, visto come li trattate. Se la caveranno da soli, sono molto piú in gamba di voi. Tu, Eberardo, uomo dal nome orribile, raccoglierai sulla tua arca tutte le categorie di esseri umani perché ripopolino la Terra, una volta che le acque si siano ritirate.

Il Giusto non ha capito con esattezza la richiesta di Dio, del resto ho già detto che non è proprio un'aquila.

- Signore, tu vuoi forse che io faccia salire sul mio legno uomini di tutti i tipi?

- È quello che ho detto, - sentenzia il Padreterno.

Eberardo non vuole creare problemi, contraddire Colui che ha creato i cieli e la terra potrebbe essere una mossa sbagliata per la sua carriera.

- Perdona l'insolenza del tuo umile figlio, - butta lí, - ma in questo modo le cose continueranno come prima del Diluvio.

- Esatto. Tanto è inevitabile. O elimino del tutto la vostra specie o accetto che sia quello che è. Però, dare una bella potata di tanto in tanto è necessario.

- Capisco. Farò tutto nel tuo nome, - annuncia Eberardo.

- Certo. Il tuo è troppo brutto per farci qualunque cosa.

La mattina del giorno seguente, il Giusto chiama intorno a sé i figli e cominciano a costruire la grande imbarcazione. Quando è terminata, dopo settimane di duro lavoro, il prescelto dal Signore raccoglie i viveri che permetteranno ai passeggeri dell'arca, durante i quaranta giorni di pioggia, di sopravvivere.

Poi, iniziano ad arrivare gli uomini, due per ogni categoria, un maschio e una femmina.

I primi sono una coppia di Influencer.

Si avvicinano con sicurezza alla gigantesca struttura in legno resinoso, e chiedono al Patriarca se sulla nave c'è campo.

Dopo tocca a due Corrotti. Parlano di prospettive, di convergenze, di rilancio dell'economia, ma appaiono nervosi, insoddisfatti, litigano tra loro. Si calmano solo quando, una settimana dopo, arriva una coppia di Corruttori.

Il pomeriggio del secondo giorno, appaiono all'orizzonte due Sprovveduti, che fanno subito amicizia con la coppia dei Consulenti finanziari.

Eberardo guarda con gioia e trepidazione il piccolo agglomerato umano che si sta formando e in cuor suo ringrazia il Padre Celeste.

Il terzo giorno giungono all'accampamento gli Sportivi e iniziano a tatuare tutti gli altri. Subito dopo gli Avvocati e i Televisivi, che rilasciano una lunga intervista non richiesta.

Nelle due settimane che seguono, centinaia di persone bussano alla porta dell'arca, Guerrafondai e Pacifisti, Assicuratori e Giornalisti, Mignotte e Impiegati Statali.

Non si riesce a trovare solo la coppia di Idraulici, ma Eberardo dice ai figli che se l'aspettava.

Inizia a piovere, sempre piú forte, sempre piú forte.

Eberardo ordina ai suoi familiari di togliere gli ormeggi. A bordo, tutti hanno fatto conoscenza e si guardano con sospetto.

La balena di abete e di cedro comincia a galleggiare, il Giusto invita tutti a cantare un inno all'Altissimo, ma lo conoscono in pochi.

– Buon viaggio, Valerio, – dice il Signore, che non sopporta piú il nome Eberardo e ha deciso di cambiarlo *motu proprio*. Lo scafo solca le onde, simbolo incarnato di quanto gli uomini non abbiano alcuna intenzione di togliersi dalle scatole.

– Non dovevo plasmarli l'ultimo giorno, dopo aver creato tutto il resto. Quando si è stanchi si fa sempre qualche errore... – scuote la testa l'Altissimo.

Frutta, detersivi, bibite, gelati, latte, uova. Il piccolo emporio del Bangladese è l'ultima spiaggia per chi non ha fatto la spesa: se hai dimenticato di comprare la farina per una torta o il detergente per i piatti e i negozi sono già chiusi, quello spaccio può risolverti il problema. Non ha orari, come il Pronto soccorso. È un luogo sospeso nel tempo dove puoi sempre trovare l'ammoniaca.

Il proprietario mi guarda appostato dietro la bilancia elettronica, mentre controllo la lista preparata da mia moglie. Gli chiedo un prodotto su uno scaffale in alto, lui afferra un'asta telescopica e lo fa cadere per afferrarlo al volo con l'abilità di un giocoliere.

– Bravo, – gli dico, con sincera ammirazione.

– Bastanza, – mi risponde.

Noto che ha una frezza bionda nel ciuffo, un optional di cui non mi aspettavo disponesse.

Pago ed esco con due buste, una per mano.

Attraverso la strada, facendo attenzione a non imbrattare di me il parabrezza delle automobili che passano e sembrano considerare la città una landa disabitata.

Sul marciapiede opposto incrocio la signora che anni fa, con la sua famiglia, viveva nell'appartamento sopra il mio, prima che cambiassi casa.

È lei, ma non piú completamente lei.

La saluto e mi fermo a scambiare convenevoli. S'è rifatta le labbra e anche gli zigomi paiono un temerario manufatto.

È la ristampa di se stessa.

Impressione, rabbia e tenerezza mi scorrazzano dentro mentre la guardo. Luciana, ecco come si chiama.

Cerchiamo di vivere il piú a lungo possibile, però, per colpa della chirurgia estetica, finiamo per morire giovani.

La scavalco e caracollo verso casa, il mio cappotto svolazza nell'aria della sera.

Questa è una leggenda di cui ho sentito parlare molte volte, ma qualcuno è pronto a giurare che si tratti di verità.

È la storia di Alfonso, un conduttore radiofonico di settantotto anni. Se lo chiami dj, ti dà subito un consiglio molto franco su dove andare a trascorrere il fine settimana.

Alfonso fa ancora il suo programma, prepara la scaletta, sceglie i brani musicali, seleziona le notizie che commenterà durante l'ora che gli è stata assegnata.

Ogni giorno, Alfonso si presenta all'ingresso dell'emittente radiofonica nella quale ha lavorato tutta la vita, saluta i ragazzi della vigilanza, entra nel piccolo studio, si siede davanti al microfono, chiede al fonico di fare una prova, poi, quando la scritta ON AIR s'illumina di rosso, inizia a parlare.

Di tanto in tanto prende fiato e beve un po' d'acqua, mentre una canzone gli riempie i padiglioni auricolari.

Le sigle di coda non vanno piú di moda da molto tempo ma Alfonso, testardo, usa ancora la sua, un motivetto allegro che parla di errori e bolle di sapone. Poi tira un sospiro – perché fare la radio è faticoso –, raccoglie le sue cose, saluta e se ne va, pensando agli argomenti di cui si occuperà il giorno seguente. Tutto sommato è soddisfatto.

Solo che non è andato in onda.

Da anni, ormai, quello spazio nel palinsesto è stato occupato da un'altra trasmissione. Poche parole, molta musica, scherzi telefonici, interviste a politici con l'intento satirico di farli apparire simpatici.

Tutto molto piú moderno, al passo con i tempi, e gli ascolti ne hanno beneficiato.

I proprietari dell'emittente, però, non se la sono sentita di chiamare Alfonso, spiegargli come stavano le cose, ringraziarlo e accompagnarlo all'uscita. Per paura che potesse piantare qualche casino con la stampa, forse. O forse per umanità.

Nel grande palazzo della radio c'è una sala di registrazione che ha conosciuto giorni gloriosi, per poi essere adibita al doppiaggio dei cartoni animati e, infine, cadere in totale abbandono.

Questo spazio è stato destinato ad Alfonso, la riserva innaturale che lo ospita come fosse l'ultimo prezioso esemplare di una specie in via d'estinzione. Il che è abbastanza vero, peraltro.

Ogni tanto arriva qualcuno a guardarlo da dietro il vetro della regia, una vecchia aragosta nell'acquario di un ristorante, non piú destinata a sfamare i clienti ma ad attirare la curiosità dei bambini. Qualche volta passa di lí un collega, un superstite come lui oppure uno piú giovane che vuole rendergli omaggio, e i due improvvisano un duetto, scherzano su un fatto di cronaca, commentano il refrain di una canzonetta.

Succede anche che arrivi una telefonata, gli amici sanno dove possono trovare Alfonso a quell'ora del mattino. Il suo lavoro, ormai, è una fatica inutile, come parlare a un'amante che se n'è andata.

Quando siede davanti al microfono, regola il volume della cuffia e il rosso si accende, Alfonso sa di non essere in onda? Non è chiaro e comunque ha poca importanza.

Tutt'intorno è un via vai frenetico di individui che s'incontrano, trasmettono programmi, fanno riunioni, decidono strategie di marketing, fanno pulizie, riparano console, prendono il caffè.

Ma voi, se passate da quelle parti, andate a trovare Alfonso. Gli farà piacere vedervi.

70

Ci sono cose che non cambiano con il passare del tempo. Per esempio quei tizi che, sigillati in automobile, ascoltano la musica a volume altissimo. Ero bambino e loro già esistevano e mi stupivano.

Ricordo mio nonno che mi teneva per mano, mentre percorrevamo l'enorme diametro di piazza Don Bosco: una A112 color carta da zucchero passava e spargeva intorno a sé un ritmo tambureggiante, un rimbombo primitivo, un suono basso e cadenzato di tam tam. Un angolo di giungla africana nella grande periferia sud di Roma.

Sono passati tanti anni e quell'automobile passa ancora, sbraitando al mondo l'ottusa voglia di vivere del suo proprietario. Non ha piú le stesse sembianze ma lo spirito tribale che lo sospinge è sempre quello.

Anche il ritmo è sempre lo stesso, una sorta di battito cardiaco dilatato a spasso per le vie della città.

Quel «tump tump tump!» non conosce crisi, se ne frega delle mode e dei cambiamenti sociali, l'utilitaria che pulsa cattiva musica rappresenta una bolla che galleggia nello spazio e nel tempo, non appartiene a nessuna epoca e a nessun luogo. Melodia da stetoscopio è la definizione piú esatta per questo genere di composizioni.

Chi le ascolta? Ragazzotti suburbani, verrebbe da rispondere, ma il dubbio che si tratti di una risposta superficiale mi ha spesso attanagliato.

E se si trattasse di una setta? Come i Cavalieri templari o i Thug? Un gruppo di affiliati che segnalano la loro presenza e fanno proselitismo attraverso l'adorazione dei Woofer.

Un giorno, quando il loro disegno misterioso sarà completato, prenderanno il potere.

L'Umanità allora cadrà sotto il dominio di questa loggia, tutti verranno costretti a vivere seguendo ritmi sincopati e selvaggi.

Stiamo sottovalutando un pericolo immenso e definitivo.

Perché l'alternativa è che si tratti di imbecilli che ascoltano musicaccia a un volume grottesco, dei subumani itineranti senza uno scopo se non infastidire il prossimo.

Capite voi stessi come questa sia una teoria troppo semplicistica e superficiale per essere considerata seriamente.

No, no, c'è qualcosa sotto che ancora ci sfugge ma che non possiamo permetterci d'ignorare.

Verrà il momento in cui dovremo difendere le libertà fondamentali e la nostra stessa anima da quel «tump tump tump!» persistente.

Teniamoci pronti. E nel frattempo, rivalutiamo la musica di Fausto Papetti.

Quando ci ripenso, ancora non riesco a spiegarmi come andarono veramente le cose.

Anni fa venni convocato dalla segretaria di un importante produttore cinematografico, in un elegante palazzo del centro.

«Che vorrà da me? Cosa avrà intenzione di propormi?» queste le domande che mi assediavano il cervello nei giorni precedenti l'incontro. Pensai che volesse chiedermi di collaborare con gli sceneggiatori dei suoi film, oppure se avessi una bella idea di commedia da sottoporgli.

«Il Cinema s'è finalmente accorto di me», ecco il pensiero gradasso che cercavo, a fatica, di tenere sotto controllo.

Vendetti in giro la notizia, fingendo di non darle troppa importanza: «Sí, il produttore Pinco Pallino vuole vedermi, forse riusciamo a far partire un progetto comune... non lo so, ho già un sacco di cose da fare...» Piccolo pezzente rifatto.

Invece, quando me lo ritrovai di fronte, il produttore esclamò: – Che sei venuto a dirmi?

Io? Ma se era stato lui a farmi convocare! Per qualche secondo fui preda di dubbi lancinanti: forse m'ero proposto io e me l'ero dimenticato. Magari soffrivo di uno sdoppiamento di personalità e combinavo guai senza rendermene conto.

Avevo comunque perso il tempo giusto per rispondere: «Veramente, è stato lei a chiamarmi...» Quindi decisi di dare vita a un breve monologo, nel quale mi lanciai

73

senza avere la minima idea di dove sarei andato a parare. Gli parlai del mio lavoro, di quanto la realtà possa ispirare la scrittura, come succedeva per i maestri della commedia all'italiana. Alla fine ero abbastanza soddisfatto, del resto l'improvvisazione è sempre stato il mestiere grazie al quale sono riuscito a pagare il mutuo.

Purtroppo erano chiacchiere che per lui significavano poco.

– Ma tu... che idea sei venuto a raccontarmi?

Ripresi ad arrampicarmi sulle pareti a specchio di quell'incontro strampalato ripescando una storia vera in un angolo della memoria:

Una giovane coppia compra un appartamento, finalmente i due potranno sposarsi, vivere insieme, inseguirsi nudi dentro casa (per quanto lo permettano sessanta metri quadri) e pensare all'avvenire.

La superficie è molto limitata, quando i due scherzano tra loro si dicono di aver acquistato un ascensore. Allora – è quasi inevitabile – commettono la debolezza di rivolgersi a un architetto. «Per ottimizzare», si dice in queste circostanze.

Il professionista arriva e chiede due settimane di tempo per elaborare. Per fortuna dei fidanzati, la tela sulla quale arrotare la sua inventiva è di modeste dimensioni: il creativo propone ai futuri sposi una parete completamente ricoperta di marmo, un delizioso angolo cimiteriale a uso domestico, e poi una nicchia, ricavata da uno spazio tra due pareti, nella quale piazzare la lavatrice.

Il fidanzato, con contegno virile, trova il coraggio di opporsi al capolavoro marmoreo, cede invece sulla nicchia, anche perché la fidanzata appare sedotta dall'elettrodomestico a scomparsa.

I lavori procedono rapidi e la lavatrice viene tumulata nell'incavo progettato dall'architetto. I ragazzi possono andare finalmente a convivere.

Tre mesi dopo, un pericoloso latitante viene arrestato davanti al portone dello stabile dove vive la coppia.

Era nascosto da quasi due anni nell'appartamento sotto quello degli sposini, in un'intercapedine tra il muro e l'armadio, una sorta di loculo che fece esclamare agli uomini delle Forze dell'Ordine, quando lo rinvennero: «Sarai pure un potente boss, ma fai una vita di merda».

In effetti, se devi vivere cosí, meglio essere onesti.

A stanare il criminale è stata la lavatrice collocata in quell'edicola maledetta dall'insana creatività dell'architetto. Il nascondiglio di Don Giuseppe, infatti, si trovava esattamente sotto il piccolo vano nel quale era stato alloggiato l'apparecchio per lavare la biancheria. Le vibrazioni e il rumore della macchina avevano tormentato l'uomo per molte settimane, finché aveva deciso di cercarsi una nuova tana.

I Carabinieri, però, sospettavano già da tempo che il malvivente si nascondesse in quel quartiere e tenevano d'occhio la zona, giorno e notte. Quando Don Giuseppe uscí in strada per raggiungere il nuovo rifugio individuato dai suoi scagnozzi, trovò i militari ad aspettarlo.

Dove per anni avevano fallito i Reparti Speciali, erano riusciti i 1400 giri-minuto di una centrifuga spietata.

Il Produttore scuote la testa: – Non è credibile, la gente non se la beve, è tutto troppo forzato.

Inutile replicare. La vita è un fenomeno inatteso.

75

Piú che un fidanzato, Pierfrancesco è un ostaggio. Sta con Ludovica ormai da sei mesi e guarda verso di me come gli abitanti di un popolo invaso guardano ai caschi blu dell'Onu. La base d'asta del loro rapporto è: io straordinaria, tu una merda.
– È una donna con una forte personalità... – mi dice il mio amico. Anche la Malvagia Strega dell'Ovest doveva esserlo.
Spesso cerchiamo di tradurre i difetti delle persone amate in intriganti singolarità del carattere. L'arroganza diventa temperamento, un'indole permalosa si trasforma in una profonda sensibilità. Pierfrancesco è un autentico prestigiatore amoroso, capace di tirare fuori una splendida rosa dalla manica nella quale ha infilato un ravanello.
Osservo questa coppia da settimane e mi sembra evidente che mi trovo di fronte a un caso di bullismo sentimentale. Ludovica scuote il suo compagno, lo tiranneggia, ne rimarca i difetti. Mi ricorda Paquita, la moglie armata di matterello di Pedrito el Drito, un vecchio personaggio dei fumetti di quando ero bambino.
– Non so ancora come prenderla, non è facile, – mi dice Pierfrancesco, scuotendo il testone crespo.
– E allora non prenderla, – lo provoco io.
Lui rabbrividisce, come se gli avessi proposto di entrare a far parte di un gruppo terroristico filomonarchico.
– Lei è spiritosa, vitale, ha l'energia di un trattore... e poi è bellissima, per strada la guardano tutti...

76

– Lo capisco. Allora portala a teatro, a mangiare fuori, a fare una passeggiata nel parco. Però evita di rimanerci da solo in un luogo isolato, – gli dico.

– Dài dài, ti va sempre di scherzare, – cerca di sdrammatizzare il mio amico, – di certo Ludovica non è una donna qualunque, e la prima a rendersene conto è proprio lei. Sai cosa mi ha detto l'altro giorno? Io sono intelligentissima e sono anche una gran figa!

Non ho mai conosciuto una persona intelligente che affermasse spudoratamente di esserlo. Se c'è una cosa che l'intelligenza genera in chi la possiede, è il dubbio di essere un cretino. Un sospetto che va coltivato per tutta la vita, con perizia e dedizione. Mi è capitato di lavorare con un grande sceneggiatore alla stesura di un film d'animazione. Lui scriveva i dialoghi, io aggiungevo battute, con la sensazione continua di compiere un sacrilegio. Quel signore era autore di buona parte del grande cinema italiano, io lo ascoltavo parlare, dire cose sorprendenti, a volte divertenti, altre amare.

Un uomo intelligente, anche se non credo si sarebbe definito «una gran figa».

Pochi giorni prima che il film uscisse nelle sale, ci fu la conferenza stampa. Lui parlò per una decina di minuti, alla fine mi parve che gli applausi che ricevette fossero tra i piú meritati che avessi mai sentito. Dal piccolo podio dal quale s'era rivolto ai giornalisti, tornò al tavolo dei relatori. Si sedette vicino a me, sussurrando: – Mi sa che ho detto un sacco di stronzate...

Ma Ludovica è intelligentissima e bisogna saperla prendere.

– Che intendi fare? – chiedo a Pierfrancesco, ma so già tutto. Non intende fare nulla, se non aspettare che l'amore faccia il miracolo e Ludovica diventi la dolce Melania di *Via col vento*.

Finirà con lei che lo lascia e Pierfrancesco che si strugge, divorato dal rimpianto di quanto avrebbe potuto essere infelice insieme a lei.

La settimana scorsa ho visto sul giornale la foto di un lesula, battezzato dagli scienziati «la scimmia dal volto umano».

Il piccolo primate vive in Congo e, in effetti, è sorprendente quanto somigli a un essere umano: praticamente Tarzan e Cita nella stessa creatura.

Nell'osservarla con attenzione, mi sono intristito.

«Ecco una scimmia sfortunata», mi sono detto.

La cosa meravigliosa degli animali è che sono diversi da noi: hanno i peli, le scaglie, le squame, i tentacoli, gli zoccoli, i gusci, le pinne.

Immaginate di camminare nel folto della giungla, ammirando la vegetazione e affascinati dai versi incredibili che escono dal fogliame. All'improvviso vi voltate e sopra un ramo scorgete una bestia con la faccia di vostro cugino Alfredo.

Che cocente delusione.

Forse tra qualche anno gli scienziati scopriranno che non siamo noi che discendiamo dalla scimmia ma è la scimmia a discendere da noi.

Questo pacifico quadrumane porta avanti la sua dura battaglia per la sopravvivenza in una foresta vergine piena d'insidie, e noi siamo andati a cercarlo, a turbare la sua selvaggia serenità per rivelargli che a Pinerolo c'è un impiegato del Comune che gli somiglia come una goccia d'acqua.

Se dovessero catturare un esemplare di lesula e internarlo in una di quelle strutture che con tutta la malafede di cui siamo capaci definiamo bioparco, quando ce lo troveremmo di fronte sarebbe come dare noccioline a noi stessi.

La vita ha voglia di giocare con noi, ogni tanto. Solo che ha un senso del tempo molto diverso dal nostro e questo fa sí che il gioco risulti divertente soprattutto per lei. L'altra mattina, intento nell'arcaica attività di leggere un quotidiano, mi sono imbattuto nella storia di un ragazzino che, il giorno della prima Comunione, riceve in regalo un orologio. Si tratta di un buon orologio, non un cronometro svizzero da migliaia di euro ma comunque un dono di un certo valore, di quelli che fanno dire ai genitori: «Conservalo con cura».

Quand'ero bambino, in un'occasione cosí importante, attesa per settimane da tutta la famiglia e per la quale dovevi vestirti in maniera insolita e molto scomoda, i regali costosi potevano consistere in una catenina con un'immagine sacra o nella tanto temuta penna d'oro. Quest'ultimo era un oggetto che ti veniva mostrato per pochi secondi all'interno della sua custodia foderata in velluto, perché tu potessi ringraziare il donatore. Poi la penna spariva, rinchiusa in un tiretto o in una cassetta di sicurezza per anni, finché tua madre te la consegnava in età adulta e tu ti chiedevi quando mai ti sarebbe capitato di firmare un trattato internazionale.

L'orologio costituiva una variante auspicabile, anche perché si trattava di un arnese che potevi sperare di usare, seppure solo in determinate circostanze.

Ma torniamo al ragazzino in questione.

Il giorno della Comunione gli è concesso d'indossare

l'orologio appena avuto in regalo. Avrà insistito chissà quanto con il padre e la madre per ottenere il permesso e ora si sente piú grande, piú virile, confortato dagli sguardi ammirati delle cuginette.

Tornato a casa la sera, s'accorge di averlo perso. È andato a giocare con i coetanei in un boschetto vicino a casa e l'orologio, che al polso gli stava un po' largo, deve essergli caduto.

Preferisco non immaginare cosa gli avranno detto i suoi, le urla, i rimproveri e il desiderio di morire che un bambino prova in momenti del genere. Ci siamo passati tutti, per un soprammobile rotto, un cugino centrato con la fionda, uno strappo sulla poltrona nuova.

Una triste processione di parenti e amici attraversa il bosco, ma l'orologio non salta fuori. Viene inscenata una preghiera collettiva a sant'Antonio che – nonostante tutti i suoi plausibili impegni – gode della fama di far ritrovare gli oggetti smarriti.

L'orologio però non salta fuori.

– Qualcuno lo troverà e avrà fatto tombola, – dice la mamma per aumentare il senso di colpa del figlio.

I giorni crescono insieme al bambino, diventano mesi e poi anni. Dopo essersi perso tra ligustri e cerri, l'orologio si smarrisce anche nei ricordi di quel ragazzo, che ormai ha venticinque anni.

Un pomeriggio d'estate, lui sta camminando con una ragazza per quel boschetto che ha ispezionato tante volte. Si siedono sotto un castagno, il sole è ancora alto. Parlano per qualche minuto, le parole sono un piano inclinato che li fa ruzzolare verso il primo bacio. Si perdono uno nella bocca dell'altra. Mentre lui la stringe, la mano di lei sfiora il terreno, con quella carezza che non ha ancora il coraggio di fare al suo amante.

Le dita trovano qualcosa, un contatto freddo e inatteso.

È l'orologio del bambino, che ormai non è piú un bambino. Sono passati almeno quindici anni, il bosco ci ha giocato abbastanza, adesso s'è stancato e lo restituisce. Un po' come quando i ragazzi piú grandi, nella piazzetta sotto casa, ti prendevano la bicicletta e dovevi aspettare che si stufassero di pedalare e impennarsi per poterla riavere.

Quando fa cosí, la vita è simpatica. Cialtrona, gaglioffa, una sfaccendata che cazzeggia seduta al bar con gli amici.

Del resto, ha tempo da perdere, tutto quello che vuole.

A proposito: l'orologio funzionava ancora.

Mia figlia è uscita per andare a «fare le mani». A dire il vero, gliele abbiamo già fatte io e sua madre, con le dita, le unghie e tutto il resto, ma capisco che non è il caso di polemizzare. Anche il mio ragazzo è fuori, credo a giocare a calcio con gli amici.

Entrambi stanno nella Provincia dei vent'anni, un poco prima o un po' piú in giú, ma comunque a passeggio per quei territori meravigliosi. L'idea che si aggirino soli per il mondo ancora mi infastidisce, anche se non lo confesserei mai.

Sono due adulti, con i loro amori, i loro progetti, la loro volontà e il graduale distacco dalla cellula madre, cioè la nostra casa comune. Io rispetto la loro autonomia, presto il rasoio elettrico a mio figlio quando vuole accorciarsi la barba e il trolley alla mia ragazza quando deve partire. Partecipo al civilissimo minuetto della loro indipendenza già da qualche anno, però ammetto che i suoi brevi passi scivolati non mi riescono molto bene.

Sarà che conosco quello che accade là fuori da piú di mezzo secolo. Sapete bene di cosa parlo.

Il concetto degli «Altri» rappresenta la grande incognita per chi ha dei figli. Le domande che un genitore si pone sono sempre le stesse, da millenni: gli Altri avranno cura di loro, li rispetteranno, gli daranno un lavoro? Sono bravi ragazzi, lui da piccolo aveva paura di fare le capriole, lei, seduta sul seggiolone, ripeteva le parole del Grillo Parlante agitando l'indice.

Sono i miei figli e sono migliori di me. Non che esserlo sia difficile, anzi.

Ascoltano musica strana, capiscono quello che dicono i protagonisti delle sitcom americane in lingua originale e questo suscita in me una malcelata ammirazione. Sanno usare i social e qualsiasi tipo di marchingegno elettronico, addirittura lo scanner.

Ho cercato d'insegnare loro a stare dalla parte dei buoni ma a capire anche le ragioni dei cattivi.

Ho provato a immaginare come sarebbe la mia versione di *If*, la poesia di Kipling, assassinata da migliaia di letture trombonesche. Ho concluso che io sarei costretto dalla realtà in cui vivo a raccomandare alla mia prole cose diverse dalle sue.

Se riesci a rimanere tranquillo, quando tutti intorno a
   te costruiscono abusivamente;
Se sei capace di osservare un arrogante cialtrone diventare ministro e, malgrado ciò, non perdere la fidu-
   cia nel futuro;
Se ce la fai a guardare un film italiano senza provare il
   disperato desiderio di essere svizzero;
Se hai la forza di affrontare la Pubblica amministrazio-
   ne e resistere, anche se i tuoi fragili nervi ti dicono
   di mollare;
Se riesci ad aspettare un anno per una Tac e a non stan-
   carti di aspettare sebbene qualcosa ti muoia dentro;
Se sei in grado di confrontarti con il Pressappochismo
   e il Fancazzismo senza dare la minima confidenza a
   questi due impostori;
Se sai incontrare il tuo banchiere senza diventare un
   disonesto
E la presentatrice tv senza sembrare un imbecille;
Se riesci a colmare il minuto inesorabile tra la prima e
   l'ultima nota della canzone che ha vinto il Festival,
Allora tua è la Terra e tutto quanto è in essa,
E – quel che piú conta – sei un Italiano, figlio mio.

L'intervista al cantautore mi irrita.

C'è da dire che, con il passare degli anni, mi irrito con facilità, peggio del sederino di un poppante.

È nato nel mio stesso quartiere e deve buona parte del suo successo a una certa allure di periferia.

Le interviste non sono il suo forte, anche perché nascondono un trabocchetto infame: lo costringono a esprimere dei concetti.

E questa è guarnita di foto patinate come un ossobuco dai piselli. Il cantautore parla della sua vita, delle sue canzoni e di quei tormenti interiori che utilizza per scrivere testi angoscianti, grazie ai quali compra la pappa per i suoi barboncini.

Gli domandano dei suoi inizi, della famiglia d'origine, il lavoro di papà, le aspettative di mamma e il rapporto con l'amico del cuore.

Parlando del quartiere, lo definisce «un posto di merda».

Non credo ai miei occhi, anche perché si sa che, a turno, un qualche nostro organo ci tradisce. Rileggo.

Ha detto proprio «posto di merda».

In un primo momento ci rimango male, piombo nello stesso stato d'animo di chi ha appena comprato un'automobile nuova e si sente dire dal cugino: «È un cesso montato su ruote, hai preso una fregatura!»

Certo, non è il luogo piú bello del pianeta, non ci trovi cascatelle naturali né infinite distese di girasoli, i palazzi sulla Tuscolana sembrano case disegnate su un pezzo di carta da un Orco bambino, il traffico si prende troppo sul serio, le strade si lavano quanto un ragazzino di terza media.

Ma io conosco un bar dove trovi dei cornetti buonissimi e sempre caldi, una tintoria gestita da un'anziana signora che stira con una sigaretta al lato della bocca e dice cose terribili e divertenti, una piccola libreria gestita da due ragazzi che sopravvive con il coltello tra i denti, stretta tra jeanserie e banche fameliche. Qui puoi trovare commesse che sembrano attrici americane, stropicciate e sensuali, elettrauto con i cavetti sempre pronti, macellai con la vitella speciale. Qui esiste un muro che in una notte di fine maggio, all'improvviso, è diventato tutto giallorosso, e gli veniva da ridere pure al tabaccaio che è laziale. Qui c'è sempre un aereo in cielo, chissà da dove viene e chissà dove va, e se passate a trovarmi vi faccio vedere un incrocio, tra la provinciale e il grande viale dove, quand'ero ragazzo, ogni tre giorni c'era un incidente e, dopo aver sentito il botto, Franco commentava: «Eccallà!»

Se giocavi a calcio con gli amici e il pallone volava oltre la recinzione metallica dello sfasciacarrozze, non lo riprendevi piú.

Qui ho conosciuto mia moglie, tra un semaforo storto, strisce pedonali scolorite e un nasone che butta fuori acqua, incurante di tutto, come se dovesse alimentare il Tevere.

Qui nel '44 i fascisti non riuscivano a entrare e allora i tedeschi organizzarono un rastrellamento orribile, che strappò via l'anima a centinaia di uomini e ragazzi.

Qui tutti si danno da fare, nella direzione giusta o in quella sbagliata.

Questo non è un posto di merda, ammesso che al mondo ne esistano.

Il successo del cantautore, il benessere di cui può godere, il suo attuale accento milanese, tutto è cominciato con una canzone che parlava proprio del quartiere, non delle foreste del Montana.

Non voglio essere troppo duro con lui, per carità. Sarà che a una certa età i tatuaggi danno alla testa.

Bisogna fare molta attenzione, quando ci si rivolge a un pubblico utilizzando i media. La gente s'indigna per motivi impensabili. La stupidità umana – come tutti sanno – è presente in natura allo stato gassoso e cerca continuamente di diventare materia, di assumere una forma corporea concreta. Affermazioni apparentemente innocenti, se non addirittura banali, rischiano di suscitare un moto di sdegno autentico in interlocutori che pensino di rappresentare una giusta causa.

E non sto parlando di lotte contro le discriminazioni razziali o in difesa dell'ambiente, ma di molle molto piú piccole, ugualmente pronte a scattare implacabili.

Se fai riferimento alla ricetta della trota al cartoccio, potrebbe accadere che il legale rappresentante del circolo «Evviva la trota» si scandalizzi per il tuo atteggiamento crudele e superficiale e ti contatti per comunicarti la sua profonda amarezza. Riflettendoci un po', capirai di aver dimostrato scarsa sensibilità e ti sentirai mortificato per la tua indelicatezza.

Qualche giorno dopo, però, potrebbe succedere che tu rida in diretta della vecchia, intramontabile moda dei sandali alla schiava, capace di trasformare i polpacci delle ragazze in grossi arrosti avvolti nella rete. Ebbene, l'Associazione nazionale «Amici dei sandali alla schiava» non te la farebbe passare liscia, stigmatizzando un comportamento (il tuo) che non tiene conto del grande

88

contributo dato da queste calzature allo sviluppo della civiltà occidentale.

Con questi individui è inutile cercare di scendere a patti. L'Integralismo non sente ragioni, che si tratti degli adoratori delle tendine parasole per auto o dei seguaci dell'anguria.

Se incappi in uno di loro, non tentare di ricondurre la discussione sui binari del buon senso. Chi ha sposato una causa, incattivisce come chiunque altro dopo un lungo matrimonio. Non polemizzare, non dare spiegazioni.

Fai finta di niente e scappa.

Cena di famiglia.

Non ci vedevamo da parecchio tempo, eravamo una dozzina ma siamo riusciti lo stesso a sistemarci intorno al tavolo della sala da pranzo, con l'unica attenzione di piazzare due commensali a ogni capotavola.

Abbiamo parlato, ricordato, ascoltato qualche canzone per ridere e qualcun'altra per rievocare.

Mio padre ha mangiato le polpette, solo quelle, perché erano morbide da masticare, mentre mia madre, una bambina di ottantotto anni, ha gradito tutto e l'ha fatto alla maniera delle donne del popolo romane, facendo complimenti monumentali alle nuore che avevano cucinato, minati da qualche velata critica.

C'era una confusione pacata, parlavamo tutti insieme e poi uno alla volta, papà era il piú taciturno, sembrava seguire un suo pensiero e astrarsi dalla compagnia. La mamma allora lo tirava dentro la discussione o almeno ci provava.

Poi i ragazzi, cinque in tutto, sono andati in un'altra stanza, a fare un gioco da tavolo. Li sentivo ridere e alzare la voce.

Ho girato gli occhi intorno e ho guardato i miei genitori, mio fratello, mia sorella. M'è tornata in mente quella vecchia foto che tengo sulla libreria dello studio, scattata quarant'anni fa nel minuscolo soggiorno di casa nostra, la sera di un Natale lontanissimo. Io indosso un maglione verde con dei rombi neri, sfoggio una zazzera rigogliosa e tengo un braccio sulle spalle di mio fratello, che ostenta delle basette grandi quanto due zerbini. Mia sorella è leggermente dietro, ha i capelli raccolti in una coda e sorride. Mamma e papà, giovani piú di quanto lo sia io adesso, mostrano le loro facce «da bella foto», occhi ben aperti e denti scoperti.

Dietro s'intravedono le montagne di cartone del presepe.

Stiamo nella stessa fotografia, a distanza di tanto, tanto tempo. Siamo ancora in quell'istantanea, anche se i volti sono invecchiati e la mano di mio nonno – si vede sbucare da un lato solo quella, chissà perché – non potrebbe piú entrare nell'inquadratura.

Mi chiedo cosa sarà di tutto questo affetto, tutte le incomprensioni, tutta la quotidianità, andata via via affievolendosi quando ognuno di noi figli ha preso la propria strada. Tutte le aspettative, le preoccupazioni, i sospiri di sollievo, i debiti pagati, le felicità e i piccoli rancori che costituiscono quella cosa che chiamiamo «famiglia».

Vengono portati in tavola dei dolci, qualcuno li mangia, qualcun altro no perché «deve stare attento». Poi arrivano i ragazzi e non fanno prigionieri.

Parliamo di amici comuni, ipotesi di vacanze, del ginocchio malandato di mia sorella. Non dico nulla del mio ago aspirato, perché gli anziani potrebbero preoccuparsi. Mio padre dormicchia, ogni tanto si scuote e guarda in giro un po' smarrito. Mia madre invece osserva noi figli e sembra soddisfatta, come un uomo che abbia appena finito di dipingere una staccionata.

Mio figlio si avvicina e, per qualche istante, poggia la mano sulla mia spalla.

Il calciatore s'è esibito nella bicicletta.

Potrebbe sembrare un momento di confusione tra sport del tutto diversi, ma in realtà si tratta di una prodezza, uno di quei gesti che i campioni, ogni tanto, sentono il dovere di regalare alle platee. Un fuoriclasse brasiliano che gioca qui da noi ha saltato un avversario facendo la bicicletta, una forma di dribbling che richiede un alto livello di specializzazione pedestre.

Consiste nell'alzare il pallone con entrambi i piedi e farlo passare sopra la testa, scavalcando il proprio marcatore con un pallonetto. Un po' calcio un po' circo, insomma.

Tutti hanno evidenziato la bravura dell'attaccante, la sua invenzione sublime, il coraggio di tentare un'impresa del genere in un momento cosí delicato della partita.

Nessuno ha parlato del difensore, irriso dal talento che ha dovuto subire, del suo eroismo nell'affrontare a viso aperto un nemico troppo al di sopra delle sue forze.

Piú dei riccioli ondeggianti del brasiliano, mi rimane impressa la faccia sgomenta del vinto. Quella mossa, estranea al suo bagaglio tecnico, non se l'aspettava.

Lo stupore di Ettore durante l'ultimo duello, quando capisce che non può ferire Achille.

E, istintivamente, mi schiero dalla parte dell'umiliato e offeso, il terzino annichilito, l'uomo comune schiacciato dalla capricciosa volubilità degli dèi.

Non dico che il sudamericano avrebbe dovuto astenersi, questo no, è una cosa che fa parte della logica del gioco, della sua finalità: scarti l'avversario, corri verso la porta, tiri con tutta la forza che hai, segni e poi balli lo *Schiaccianoci* di Čajkovskij. Qualcuno vince e qualcuno perde, funziona cosí e non solo in questo sport.

Ma la bicicletta? Cosa voleva dire il brasiliano, che lui è molto piú forte del tipo che cercava di tenergli testa? Guadagna venti volte piú di lui, gioca in Nazionale, la stampa specializzata lo esalta di continuo, non gli sembra che basti a evidenziare certe differenze? Non gli era sufficiente dribblarlo, ha voluto che la figurina del povero Zappogni – uso un nome fittizio ma adatto a uno zimbello del destino – fosse appiccicata per sempre sull'album dei babbei.

Il genio non ha pietà, altrimenti Michelangelo avrebbe evitato di dipingere e scolpire per non mortificare gli artisti suoi contemporanei.

Zappogni non ha falciato colui che lo burlava, non s'è lasciato andare a una ripicca, s'è voltato e ha cominciato a rincorrere il bullo che si involava verso la porta, la sua, quella che avrebbe dovuto difendere a costo – se non proprio della vita – almeno del quadricipite femorale.

Avrei avuto lo stesso sdegno nei confronti dell'asso in questione, se avesse giocato nella mia squadra, se la sua perla ciclistica fosse servita a regalarmi una grande, ottusa, palpitante soddisfazione calcistica?

Meglio non chiederselo, per non rovinare la pura bellezza del mio slancio umanitario.

Non so se avete mai mandato a moríammazzato un Direttore.
È un'esperienza spaventosa e bellissima.

Ho sempre avuto paura, io, di apparire servile nei confronti del potere, anche quando si trattava soltanto di essere gentili, per semplice educazione, verso una persona influente.

Sono sempre passato dall'acquiescenza all'aggressività belluina, senza mai riuscire a trovare la giusta misura. La vita media dei Direttori, nell'emittente radiofonica dove ho lavorato per tanti anni, è sempre stata su per giú quella delle farfalle cavolaie. Breve e intensa.

Una volta me ne capitò uno ambizioso e incapace, provvisto quindi dei requisiti necessari per una brillante carriera. All'inizio tutto filò liscio, lui mi faceva grandi complimenti, io fingevo di aver finalmente trovato il committente della mia vita.

L'equilibrio tra noi due, però, era davvero precario. Dissi di no a un paio di sue iniziative, dimostrando ancora una volta di essere l'individuo meno tattico che si possa immaginare. L'arte di saper stare al mondo non è mai stata quella che ho praticato con maggior successo, mi sono dimostrato uno scimunito in molte occasioni, al punto che spesso, riflettendoci a mente fredda, mi stupisco d'essere riuscito a rimanere tanto a lungo sopra la linea di galleggiamento.

Il Direttore in questione, un raro caso di calvo ondulato (aveva capelli biondicci solo ai lati del cranio, piacevolmente mossi), incassò i miei rifiuti, covando però un livore silenzioso destinato inevitabilmente a esplodere. Non dimenticava di essere al vertice della catena gerarchica, né di rappresentare il carnivoro aziendale dominante. Dio solo sapeva quanto era stato costretto a sgomitare per occupare quella scrivania e non tollerava che un saltimbanco – uno che lavora sulla base di un equivoco, lo ammetto – gli dicesse di no. Alla prima occasione, che io gli fornii sguainando tutta la mia inadeguatezza, decise di mostrare le zanne del predatore.

Gli contestai una decisione di palinsesto – voleva piazzare, con felice intuizione, una trasmissione identica alla nostra subito prima di noi –, lui cambiò tono e con un disprezzo dickensiano m'invitò a rimanere al mio posto.

Mi accesi in un secondo, un po' per le sue parole, un po' perché non ho mai capito con esattezza quale sia il mio posto.

– Stai calmo e fai il bravo, non me ne frega niente che sei il Direttore, – gli risposi.

A dire il vero, usai un sostantivo piú incisivo di «niente».

Dopo qualche altro morso, la conversazione si raffreddò, l'ostilità venne riposta dentro quei contenitori per sentimenti che tutti teniamo da parte, pronti per essere scongelati e serviti appena se ne presenterà di nuovo l'occasione. Ci salutammo con un garbo che barcollava come un ubriaco.

Quando la telefonata finí, mi sedetti con il cuore che cercava di scavalcare le costole e fuggire dalla cassa toracica. Avevo litigato con il re, che avrebbe potuto cacciarmi dal suo regno, esiliarmi dal mio programma e ridurre drasticamente i miei guadagni.

Trascorsi una settimana spinosa, stroboscopica, piena di visioni apocalittiche.

Avrei dovuto compiere un piccolo capolavoro diplomatico, ricucire il rapporto con l'insolito esemplare di pelato

95

riccioluto, scusarmi, sperare nell'onore delle armi. Poi, attendere il perdono. Fossi stato piú avveduto l'avrei fatto. «Vada a cagare quella ballerina di fila», mi dissi invece e chiusi la pratica. Confidavo nella popolarità della trasmissione e nella buona sorte, che tante volte – in modo inspiegabile – m'è venuta in soccorso.

Il Direttore m'ignorò del tutto per oltre ventiquattro mesi, rivelandosi rancoroso in maniera professionale. Però non effettuò rappresaglie, evidentemente sotto quell'alopecia stava acquattato un cervello.

Non c'era nulla di coraggioso nel mio atteggiamento, anzi, esibivo la debolezza di chi non sa arrivare a un chiarimento con il prossimo e allora ringhia e si dimena.

Il brutto nella vita, a pensarci bene, non è tanto che si facciano stupidaggini, cosa inevitabile, quanto rendersene conto inutilmente.

Il tempo passò e quel Direttore fu defenestrato, come nel destino della sua categoria.

Il punto di questa breve storia è: non ci si pente mai del tutto di aver sfanculato uno che sta piú in alto.

E scrivere un giallo?

La nostra letteratura è un continuo fiorire di commissari, investigatori, criminali inafferrabili, casi intricati, camorristi da operetta.

La malavita, piú o meno organizzata, ha creato un vero e proprio indotto nel nostro Paese. Se per miracolo scomparisse dall'oggi al domani, si registrerebbe una grossa impennata della disoccupazione, soprattutto nel settore dell'editoria e della fiction.

È un po' la stessa situazione che si creò negli Stati Uniti dopo la guerra del Vietnam, voluta con ogni probabilità dagli americani per poterci poi girare dei film sopra e alimentare cosí una delle loro industrie principali, quella cinematografica.

Per leggere un giallo non bisogna essere per forza un lettore nel senso stretto della parola. Basta avere una comune vocazione da consumatore, la stessa che ti porta a comprare un capo d'abbigliamento firmato, il cd del cantante piú pubblicizzato e il romanzo che ha vinto un importante premio letterario.

Insomma, mi converrebbe scrivere un giallo, magari usando uno pseudonimo.

La verità è che non credo di farcela. Ogni volta che mi è capitato di leggere una storia noir, ho finito per distrarmi, per perdere il filo.

Alla fine, non me ne frega niente di chi ha ammazzato la vecchia.

L'unico autore di polizieschi che ho amato è stato Raymond Chandler. Le sue trame fanno acqua da tutte le parti, durante la narrazione spesso si perde un personaggio per poi ripescarlo cento pagine dopo, i suoi intrecci sono degli obbrobri di architettura tessile. Però pochi sanno descrivere l'animo umano meglio di lui, mescolando amarezza e ironia nelle giuste quantità, con sapienza, come fossero gli ingredienti dei cocktail che i suoi duri e le sue pupe tracannano di continuo. Marlowe è un Don Chisciotte in trench, un proletario dell'investigazione, un santo che puoi noleggiare a venticinque dollari al giorno più le spese.

Sí, dovrei proprio sforzarmi di scrivere un giallo. Mi serve solo una scelta cinica e razionale, un nome falso come Giuda, dal sapore esotico, tipo Dick Hamperdink: milioni di copie vendute, una pioggia di articoli sui giornali, che si chiedono «Chi diavolo è questo Dick Hamperdink?»

Sono io.

A questo punto mi siedo a tavolino, davanti a un bicchiere di cedrata, abbastanza buona da tranquillizzarmi ma non abbastanza da distrarmi. Devo trovare una trama.

Mi occorre un serial killer, uno di quelli gelidi e imprendibili, poi un poliziotto che lo bracchi. Deve essere un tipino particolare, che non somigli a nessuno dei detective già esistenti. Ce n'è già per tutti i gusti, irreprensibili e alcolizzati, cacciatori solitari e padri di famiglia, satanisti e vegani.

Il mio si chiama Tutú, diminutivo di Salvatore. È un cinquantenne calabrese, sottufficiale della Forestale. Da quando il corpo di cui fa parte è stato aggregato ai Carabinieri, non si occupa più della sicurezza dei boschi. Dalla sovrappopolazione dei cinghiali è passato a quella dei criminali, svolge il suo lavoro con zelo ma ha nostalgia dei tramonti che cancellano piano piano le sagome delle grandi conifere ondeggianti (questa è una bella immagine, la userò dopo il primo omicidio).

Tutú è omosessuale, innamorato da sempre di Fregonzi,

l'architetto che ha ristrutturato il suo piccolo appartamento nel cuore di Milano, la città tentacolare dove il nostro sbirro presta servizio.

Mi sembra una gran bella griglia di partenza, molto moderna e progressista, se vogliamo.

Un giorno, è ancora l'alba, Tutú e i suoi uomini vengono spediti sul luogo di un orribile delitto: un famoso scrittore di libri gialli è stato assassinato nel suo elegante appartamento in zona Fiera.

Da quel momento in poi, è tutto un susseguirsi di spaventosi omicidi, le vittime sono sempre autori di polizieschi, un'escalation cruda e angosciosa di arti rimossi chirurgicamente fino a ridurre le vittime a dei tronconi sanguinolenti, dei terrificanti würstel umani.

La firma del killer è inequivocabile: infila nel cavo orale delle vittime e spinge fino alla gola le pagine del loro romanzo di maggior successo.

Tutú indaga, riflette, soffre per colpa di Fregonzi. Indaga di nuovo, s'avvita su se stesso, intuisce qualcosa, conduce un paio d'irruzioni, spara un intero caricatore.

Finché una pista insignificante, trascurata da tutti, finisce sotto la lente del suo raffinato intuito. L'attenzione si concentra su Carmine Sbellicati, uno scrittore underground di letteratura subliminal, autore di *Squartatus*, un romanzetto che, alla sua uscita, suscitò un qualche interesse nei critici ma non diede inizio a nessuna fulgida carriera letteraria. Una serie di piccolissimi indizi conducono a lui, ma il giudice per le indagini preliminari non sembra volersene occupare.

In un tourbillon di tensione e struggimenti sentimentali – Fregonzi è veramente una carogna –, Tutú si avvicina alla resa dei conti. Ha capito che sarà il grande Michelozzi, l'autore del best seller *Solo supplí per Scarduffi*, il prossimo martire, l'agnello prescelto dal maniaco per il grande sacrificio. Riesce ad arrivare appena in tempo, poco prima che Sbellicati inizi a potare l'anziano scrittore. L'assassino si dà alla fuga, ma la vittima è salva. Tutú torna a casa e trova Fregonzi sotto il portone, gli vuole parlare. Emozionato, lo invita a salire.

Fine del primo romanzo.

Mi sembra davvero un buon lavoro e lo presento alla Casa editrice.

Dopo un mese mi rispondono che, pur apprezzando la figura del protagonista e lo stile asciutto e incisivo, non pensano di pubblicare il mio thriller. Dalle pagine che ho scritto, in special modo da quelle nelle quali sono raccontati con inquietante dovizia di particolari i delitti, trapela il mio rapporto – diciamo cosí – non «sereno» con il genere noir. Forse dovrei inventare una trama meno contorta e – soprattutto – meno autoreferenziale.

Dopo un breve periodo di abbattimento, trascorso tra crisi creative e la rilettura sconsolata di Hammett, ho un'illuminazione.

Voglio provare a raccontare le gesta di un agente immobiliare psicopatico, che vende appartamenti in nuda proprietà e poi elimina gli anziani usufruttuari.

Titolo: *Percentuale di sangue.*

Se gli italiani credono ancora nel mattone come bene rifugio, questo è il momento di dimostrarlo.

Ogni mattina esco dal portone del mio stabile alle sei e un quarto e arranco verso il garage, mentre mia moglie controlla dalla finestra se qualcuno mi aggredisce. È importante iniziare la giornata con ottimismo.

Il cielo a quell'ora è pieno dei «cra cra» delle cornacchie grigie, animali che vantano un metro d'apertura alare e che non ricordo di aver mai visto da bambino. Vivevano una vita da uccelli chissà dove e si sentivano certo piú felici. Pare siano molto intelligenti e proprio per questo sappiano relazionarsi bene con gli esseri umani.

A me sembra che una cosa escluda l'altra.

Quando salto fuori dalla breve rampa della rimessa, vedo apparire il primo fantasma. Si tratta di un uomo che ha passato la settantina, a bordo di un vecchio modello della Lancia. Certi giorni scende dall'automobile e fa un giretto a piedi, va a controllare i nomi sulla pulsantiera di un citofono, risale sul suo attempato destriero e sparisce. Altri, indugia per pochi secondi all'incrocio, quindi si allontana guidando con attenzione. Qualche volta mi sono fermato a guardarlo. Un bell'omino vestito con dignità, capelli e baffi immacolati.

Poi vedo lo zoppo.

Lo incrocio sempre nello stesso punto, percorre a fatica una lunga, stretta stradina che si snoda parallela alla grande statale, aiutandosi con una gruccia metallica. All'inizio pensavo che il suo problema fosse momentaneo, dovuto a un incidente o a un piccolo intervento chirurgico.

Però sono trascorsi anni dal primo avvistamento, la sua menomazione – ormai mi sembra chiaro – è permanente. Penso spesso di fermarmi e offrirgli un passaggio ma non lo faccio mai.

Quali imperscrutabili obiettivi vogliono raggiungere questi due individui?

C'è qualcosa d'inspiegabile nel loro comportamento. A volte, mentre vado al lavoro, mi sforzo d'immaginare quelle due vite, il segreto che custodiscono.

Nonno Lancia Delta è inquieto, sempre vigile, un'anima in pena alla ricerca di chissà che. Forse ama una donna più giovane, ma lei, dopo averlo illuso, l'ha abbandonato, senza capire il valore di un uomo capace di tenere in quel modo – come nuova – un'autovettura di oltre vent'anni.

Salvo che non si tratti di un dolore d'altro genere. Una figlia, ad esempio.

Forse hanno litigato e lei non vuole più vederlo. Da anni ormai l'anziano vaga all'alba per il quartiere, raggiunge il palazzo dove vive la donna, ma non trova il coraggio di citofonarle. Spera che lei lo veda, attraverso le tapparelle, e lo inviti a salire, per concedergli la grazia di un abbraccio, un'assoluzione che gli permetta di cambiar vita e forse anche automobile.

Lo zoppo invece è un eroe.

Faceva il capocantiere, era il più bravo, dirigeva i suoi operai con fermezza e umanità. Tutti lo amavano e lo avevano soprannominato «er Faciolo», per motivi che mi sfuggono.

Una mattina – era nuvolo e tirava vento – i suoi uomini stavano lavorando sopra un'impalcatura. Er Faciolo ebbe l'impressione che il destino si stesse mettendo di traverso e capí d'istinto che avere il destino contro può creare dei problemi.

Fu un lampo: vide Andrei, il più giovane dei suoi operai, perdere l'equilibrio e precipitare. Si lanciò con sveltezza impensabile e riuscí ad attutire la caduta con il proprio corpo.

Salvò la vita ad Andrei ma rimase menomato per sempre.

Ecco le biografie approssimative dei miei due inconsapevoli compagni d'inizio giornata. Non so se sarebbero contenti delle cattedrali un po' sbilenche che ho innalzato su di loro.

«Immaginati gli affaracci tuoi», mi direbbero di certo e avrebbero ragione.

Se conoscessi la verità, credo che resterei deluso. Il nocchiere della Lancia Delta magari è solo un pensionato che cerca d'ingannare il tempo, e forse il claudicante s'è inguaiato la gamba cadendo dal motorino.

Dobbiamo rivalutare l'epica della quotidianità.

Anche Ulisse, re di Itaca, figlio di Laerte e padre di Telemaco, uomo di straordinario ingegno, conquistatore d'Ilio e sterminatore di Proci, in fin dei conti era soltanto uno che voleva tornare a casa dalla moglie.

Zio Michele non sorride piú, ma in compenso ride moltissimo. Per farlo non ha bisogno delle battute di un comico o di una bella notizia. È diventato riso-autonomo, l'età gli ha regalato questo curioso privilegio, una comprensione della realtà filtrata dalla malattia.

Ti guarda e ride fino ai singulti, zio Michele, le spalle che salgono e scendono con ritmo cadenzato, l'aria che esce dalla gola come sparata fuori da un compressore.

Si scompiscia senza un motivo, poi si calma, ammicca e muove le mani in un gesto che significa «non mi far parlare, va'...»

L'altro giorno mi ha aperto la porta e la voce di mia zia, da un'altra stanza, gli ha chiesto chi fosse arrivato.

– È uno di famiglia, ma non ricordo chi, – ha risposto lui.

Allora è arrivata mia zia, mi ha abbracciato, mi ha fatto accomodare nel soggiorno, ha insistito per offrirmi biscotti e chinotto, come se avessi ancora dodici anni.

Mentre masticavo un ventaglio di pasta sfoglia, ho pensato che quel tipo di dolci è prodotto in esclusiva per le persone anziane e puoi trovarlo solo nelle loro case.

Ho guardato zio Michele, sembrava assente, seduto sul divano.

Zia Rita mi ha detto che lo zio, il giorno prima, voleva vestirsi e andare al lavoro, ha dovuto spiegargli che è in pensione ormai da venticinque anni. A volte, invece, si preoccupa di dover saldare un debito o di qualcuno che l'ha preso in antipatia. Schegge di ricordi riemergono dai ruderi della sua memoria.

Rita deve stare attenta che lui non apra la porta ed esca, è già accaduto un paio di volte e le evasioni hanno scatenato safari disperati per le vie del quartiere. La settimana scorsa l'hanno ripreso mentre se la rideva in un negozio di articoli sportivi, vicino agli scaffali delle scarpe per la corsa.

Una volta alla settimana escono per fare la spesa e lo zio passa una mezz'ora a sbellicarsi vicino a una delle cassiere, mentre la zia riempie il carrello. Gli capita di sghignazzare dal giornalaio o dal barbiere, quando lo portano a tagliare i capelli. Si è divertito molto anche con il podologo, andato a casa loro per un occhio di pernice che non voleva saperne di farsi domare.

– Adesso pare che ci sia un farmaco nuovo... buono, molto buono... tu che dici?

Io non ne ho idea, ma la rassicuro lo stesso. Si tratta di un medicinale americano e io appartengo a una generazione per la quale un particolare del genere è ancora una garanzia.

Squilla il telefono, mia zia si scusa e va a rispondere. Rimango seduto sul divano a fiorini, con il bicchiere di chinotto in mano.

Mi metto a pensare ai fatti miei.

Non so se cambiare l'automobile. Quella che ho va ancora bene, ma mi ha un po' stancato. Ne vorrei una tedesca, se il lavoro continuasse a girare potrei decidermi a comprarla.

La voglio bianca, bianca con il tettuccio apribile. Gli interni beige, cosí da non creare un contrasto troppo netto con il colore della carrozzeria.

Sul motore devo riflettere bene, è una scelta delicata, stiamo parlando del cuore della vettura.

Alzo gli occhi e incrocio la faccia di mio zio. Mi guarda e si sbellica, in silenzio.

Beh, forse ci sbagliamo di grosso.

Forse zio Michele non ride senza motivo.

Oggi ho buttato giú di getto queste poche righe. Potrebbe essere lo spunto per una commedia:

Il grande colpo di Stato era avvenuto senza che nessuno se ne rendesse conto. La vita continuava, inutile e confortevole, come in tutte le moderne democrazie occidentali. La grande natica collettiva non aveva registrato sobbalzi o indurimenti, l'iniezione era stata fatta da una mano esperta e molto ferma.

Ogni tre mesi il Comitato rivoluzionario si riuniva di nascosto, «segretezza» era la parola d'ordine di quel golpe, la sua natura piú profonda, la chiave del suo trionfo. Gli altri Putsch urlavano e battevano i pugni, incarceravano e torturavano, questo no, aveva un carattere gentile, cordiale, ti toglieva i diritti civili offrendoti un bicchiere di Amarone.

Alla riunione, come sempre, partecipavano solo personaggi di secondissimo piano: politici, intellettuali, artisti, manager, insomma, i rappresentanti di tutti i settori della vita civile. Nessuno di loro doveva eccellere nel proprio campo, questa l'unica condizione necessaria per far parte dell'organizzazione.

Lavoravano da almeno trent'anni, alcuni avevano i capelli bianchi, altri s'erano uniti al gruppo a rivoluzione avvenuta, ma l'amalgama era perfetto, perché, in fin dei conti, appartenevano tutti alla stessa famiglia e si adoperavano per raggiungere lo stesso obiettivo.

– Leggo che all'ordine del giorno c'è l'attribuzione del premio letterario Fonte Gaudiosa, la direzione del terzo canale televisivo e l'educazione del popolo dei social... insomma, mi sembra che ci sia molto da decidere... – disse Rabotti, che di mestiere faceva il critico musicale su un importante quotidiano.

– Per il terzo canale avremmo pensato a Dardoni... s'è creato una bella fama d'innovatore della tv pubblica, in questi anni. Penso che se lo meriti, – fece notare Pastroni, di professione regista cinematografico.

La discussione procedette per due ore con il passo imperturbabile di un cammello, senza scossoni o attriti. Quel genere di persone, da che mondo è mondo, è abituato ad andare d'accordo anche quando non lo è, arrivando a conclusioni soddisfacenti per tutti.

Il vincitore del premio letterario sarebbe stato Karadag, un autore turco che trattava tematiche intimiste e d'impegno sociale, mentre per permettere ai milioni d'individui che frequentavano i social di saper distinguere tra chi meritava di averli come follower e chi no, una dozzina di caporedattori delle testate piú seguite s'impegnò a mettere in evidenza alcuni personaggi funzionali al golpe.

Erano stati bravi, produttivi, avevano sfornato verdetti che altri consessi non sarebbero riusciti a raggiungere con quella velocità, ben sapendo che la loro supremazia dipendeva dal rigenerare il sistema senza sosta.

L'idea sovversiva sulla quale si basava il complotto dei mediocri era quella di ridurre, in modo progressivo e feroce, la qualità di qualunque attività creativa umana, piano piano, gradino dopo gradino, con tutte le cautele possibili, abbassando l'asticella di continuo, ma con dolcezza, senza farsene accorgere, in un processo corrosivo che sarebbe durato alcune decine d'anni.

Si era cominciato con un varietà su un'emittente commerciale, grandi tette e comici scadenti, poi un romanzo insulso che era diventato un caso letterario, seguito, mesi piú tardi, dal successo discografico, moderato ma ugualmente inspiegabile, di una canzoncina orecchiabile. I media avevano sostenuto e rilanciato queste opere d'ingegni ordinari, permettendo loro di raggiungere successi difficili da prevedere.

Dalle arti, il processo s'era allargato alla politica, alla moda, addirittura allo sport.

Nessuna presa del Palazzo d'Inverno, nessun assalto alla Bastiglia, neanche un libretto rosso o verde o fucsia per spiegare le ragioni di quella rivolta impercettibile. I cambiamenti dovevano avvenire in maniera indolore, educata, perché fossero recepiti come un'inevitabile innovazione del gusto dovuta ai tempi.

La Loggia dei Modesti aveva saputo attendere, insinuarsi nelle stanze giuste, modellare con determinazione e scaltrezza quel mostro informe che chiamiamo «opinione pubblica».

Non c'è nulla di meno democratico del talento, nessun maggior pericolo per l'affermazione dei poco dotati – il cui numero surclassa quello dei fenomeni – che utilizzare come discriminante le cosiddette «capacità». Siamo bravi tutti a cantare con la voce di Tony Williams dei Platters, la vera abilità consiste nell'essere osannati dalle folle emettendo dalla gola un suono meschino.

La bravura crea disoccupazione e dolore, esclude dal raggiungimento di obiettivi prestigiosi milioni di individui: questo era il verbo del Gran Maestrino, leader e guida spirituale dell'associazione occulta, la dottrina che trasmetteva agli adepti attraverso un insegnamento instancabile.

Grazie al lavoro avvolgente della Loggia, nel corso di alcuni lustri tanti personaggi, destinati da una Natura crudele ad abbandonare i sogni di consacrazione, avevano trovato il loro spazio, le loro soddisfazioni. Centinaia, forse migliaia di aspiranti, perché aspirare è un istinto insopprimibile dell'Umanità, che invece di essere umiliati e accantonati sulla base di un'abominevole forma di razzismo attitudinale, erano diventati protagonisti della società nella quale vivevano.

Il concetto che i massoni avevano fatto passare, lavorando duramente e a lungo, era che il vero talento si nasconde nell'ambizione. Se hai quella, hai tutto, devi solo nutrirla come un'oca d'allevamento, ingozzarla senza sosta. Quello che esploderà, alla fine, non sarà il suo fegato, ma il tuo successo.

La Loggia, in fin dei conti, era la piú importante organizzazione filantropica mai esistita.

«Un giorno tutti capiranno la grandezza del nostro progetto e potremo uscire allo scoperto. Oramai manca poco, ne sono convinto. Vedo già in giro tante facce felici, tanti sorrisi riconoscenti», era solito dire il Gran Maestrino.

Questa rivoluzione culturale non precludeva ai capaci la possibilità di affermarsi, no, no, per carità, solo li confondeva con gli altri, con gli affiliati, li mescolava, li rendeva colleghi, faceva il gioco delle tre carte e poi lasciava scegliere un pubblico impreparato a distinguere.

«C'è spazio per tutti», ripeteva sempre il Gran Maestrino, l'affermazione piú ecumenica che fosse mai stata formulata, un egualitarismo rassicurante e definitivo.

Quella sera ricorreva l'anniversario del Mutamento, la data in cui la strategia dell'appiattire era stata messa in atto per la prima volta.

«Uscite e svagatevi tutti, lo meritate, state facendo un ottimo lavoro nell'interesse del Paese», disse il Gran Maestrino e la riunione fu dichiarata conclusa. Lentamente, a gruppetti di tre o quattro persone, i partecipanti se ne andarono, continuando a parlare a bassa voce e a ridere tra loro.

Sarchielli e Portiglio, due Appiattiti della prima ora, decisero di assistere al concerto di un giovane cantautore che si teneva in un locale di tendenza a pochi isolati dal luogo dove s'era svolto l'incontro segreto.

Pragnok, cosí si chiamava l'artista che si sarebbe esibito, faceva da poco piú di un mese parte dell'organizzazione, vi aveva aderito con emozione e un entusiasmo incontenibile.

«Mi avevano detto che esistevate, ma non volevo crederci. Tutti pensano che siate una leggenda. Invece eccovi qui... e ora io sono uno di voi», questo era stato il suo commento appassionato di fronte al Consiglio Arcano, prima del giuramento.

I due affiliati entrarono nella sala, sul palco gli strumenti erano già pronti. Si guardarono intorno e si stupirono che non ci fossero altri Appiattiti tra le persone che prendevano posto con la lentezza di chi pensa che lo spettacolo si svolgerà due giorni dopo.

La prima canzone fu accolta dagli spettatori con una reazione ai limiti del fanatismo.

La seconda aveva un tono confidenziale, intimo, parlava di un malato di mente che scavalcava un muro e fuggiva via sulle ali di un albatros.

La terza ripeteva ritmicamente per sei minuti la frase «brandelli d'amore sparsi ovunque».

Arrivati al quarto brano, Portiglio ricevette un messaggio sul cellulare e sguainò un'espressione accigliata.

«Devo andare, purtroppo. La mamma...» mormorò all'orecchio del confratello. Prima che l'altro potesse chiedere cosa succedeva, Portiglio era sparito.

Sarchielli rimase interdetto, mentre il giovane cantautore cominciava a gemere sulle note di una ballata malinconica. Pensò che non s'era mai rotto tanto i coglioni, e sí che la vita l'aveva messo alla prova un'infinità di volte.

Si consultò e fu d'accordo con se stesso sul fatto che bisognava andare via di lí al piú presto. Intanto il concerto viveva una breve pausa, di certo il momento piú coinvolgente che aveva saputo proporre agli astanti.

Quell'interruzione fu fatale al povero Sarchielli. Pragnok lo vide seduto in seconda fila, lo riconobbe e gli fece un cenno di saluto.

Non poteva piú evadere.

Fu una lunga, lunga serata per Sarchielli. Fuori, intanto, un ladro di grande talento gli rubò l'automobile.

Gli esseri umani sono come le figurine di un album per bambini: dopo un po' di pacchetti, cominciano a ripetersi. I genotipi non sono infiniti. Esistono cinque-sei caratteri ricorrenti, i modelli base, diciamo.

Il Noioso è senza dubbio uno dei piú temibili. Roberto, il tenero Roberto appartiene a questo sottotipo.

Su di lui puoi contare, lui c'è sempre, e non capisci se è la sua forza o il suo maggior difetto. Lavora al quotidiano con cui ho collaborato per anni, è gentile, civile, un miliardo di persone come lui renderebbe la Terra un locale molto piú facile da frequentare.

Solo che.

Il «solo che» è la sua condanna. Tre sillabe dallo spietato valore avversativo che ci raccontano questa creatura meglio di un'istantanea.

Solo che non riesce a catturare la tua attenzione, mai, di qualunque argomento parli. Se ti dicesse che un enorme Allosauro, specie carnivora che si credeva estinta da 150 milioni di anni, sta salendo per le scale del tuo condominio, finiresti comunque per distrarti e pensare ad altro.

Non c'è niente da fare, riuscire ad ascoltarlo per piú di una manciata di secondi è un compito che risulterebbe difficile anche per un suo parente stretto.

Ricordo che al giornale bussava piano alla porta della redazione, apriva quasi scusandosi per la sua presenza fisica e s'introduceva nell'ufficio. Entrava di taglio, come un libro in mezzo agli altri sullo scaffale di una libreria. Poi rimaneva lí, sorridente e cordiale, senza aver nulla da dire.

Le persone sedute davanti ai computer continuavano a scrivere, fingendo un'urgenza assoluta e improrogabile. Roberto non parlava. Sapeva che, presto o tardi, qualcuno sarebbe crollato.

Quel qualcuno in genere ero io.

– Che c'è, Roberto? – capitolavo. Lui aveva una qualche comunicazione di servizio da dare, ma dopo averla data non accennava ad uscire. La sua intera figura sprigionava un soffio vitale, una brama disperata, una pulsione irrefrenabile: attaccare bottone.

Toccava allora un argomento marginale, spesso legato a una notizia battuta dalle agenzie poco prima, e iniziava a esprimere il suo parere. Dopo averci stanato con un pretesto professionale, la conversazione sbandava e fermava la sua corsa contro il guardrail del film che aveva visto la sera prima o della processione che fanno al suo paese a metà aprile.

Il disinteresse della platea non lo fermava e, se nessuno rilanciava, restava lí, come in stand by, un androide in attesa. Dopo qualche minuto di mutismo, si dileguava.

Ho provato ogni tanto a immaginare la moglie di Roberto, la donna che aveva scelto di sposare un acufene e che adesso viveva con lui, costituendo il suo sacco da boxe verbale, nella buona e nella cattiva sorte.

Un pomeriggio, poco prima che il mio rapporto con il giornale s'interrompesse, Roberto venne da me con uno scopo ben preciso. Penò un poco a prendere l'argomento, al punto che temetti si trattasse di un problema serio, forse di salute. Aveva una cartella di cartone azzurra in mano, forse analisi mediche. «L'increscioso», come lo chiamavano in redazione, doveva dirmi qualcosa di tragico? Confessarmi che gli rimanevano due settimane da vivere e affidarmi la sua famiglia, quando l'inevitabile fosse accaduto?

No.

– Scusami, sai, volevo chiederti se avevi il tempo di leggere una cosa...

Che cosa? Aveva trovato dei documenti segreti che avrebbero fatto cadere il Governo e uscire l'Italia dalla Nato? Una lettera di minacce da parte della criminalità organizzata? No.

– Io scrivo testi di canzoni... vorrei avere un tuo parere, se non ti secca...

Dunque Roberto scriveva versi. Non c'era nulla di male in questo. Sperava che io li leggessi. E in questo c'era qualcosa di male.

Ma m'incuriosiva dare un'occhiata a quei fogli.

– Io non sono un musicista, non saprei darti consigli utili... – bofonchiai.

– Oh, non importa... io ti stimo molto... per me sarebbe importante... – rispose lui.

Il suo «io ti stimo molto» fece breccia, solleticando la mia vanità da Bluebell. Accettai, ma quando mi ritrovai la cartellina tra le mani, d'improvviso mi sembrò un faldone.

Una quantità di liriche da far invidia a Francesco Petrarca.

Tornato a casa, le lasciai fermentare per qualche giorno, poi una sera – spinto da quel senso del dovere che mi ha marcato per tutta la vita come un terzino implacabile – mi decisi a leggerle.

L'autore soffre di personalità multiple. Nella sua testa, ci sono numerosi Roberti che, seduti come nella sala d'aspetto di un dentista, attendono il proprio turno.

Parte dei testi ha un tono lacrimevole, lamentazioni per le crudeltà della vita che non risparmiano gli animi piú sensibili.

Altri parlano di seni dipinti di ocra e cobalto, labbra morse a sangue e corpi sudati che si rotolano nel fango, rantolando durante l'accoppiamento.

Un piagnone e un punkabbestia, entrambi molto annoiati dal Roberto titolare.

Quando gli ho restituito la cartella, l'increscioso mi ha chiesto cosa pensassi dei suoi lavori. Benché mi aspettassi quella domanda, ho barcollato: – Beh, mi hanno sorpreso... c'è tanta roba, dentro... hanno una loro originalità, ecco... – Roberto mi ascoltava con trepidazione.

– Quale ti è piaciuto di piú?

Mi offriva una via d'uscita. Potevo parlargli di quello che mi aveva annichilito meno, tagliando cosí il traguardo con mezza imbarcazione di vantaggio.

– Mah... direi che *Voglio penetrarti nella brughiera* ha una sua forza, un suo impatto... tinte forti, un finale traumatizzante... è una scrittura con del carattere...

Ero stremato e inspirai profondamente. Un poeta e un critico, entrambi improbabili, si fronteggiavano nel tramonto.

– Grazie. Mi hai detto una cosa bellissima. Sapevo che eri la persona giusta.

Neanche io sapevo con esattezza cosa gli avevo detto.

Ci abbracciammo e lui se ne andò. Da allora non l'ho piú rivisto.

E da allora, ogni volta che mi trovo davanti a una canzone che non ho mai sentito, m'informo sul nome del paroliere.

Ieri sera sono andato a teatro.

Non c'è prosa senza spine, purtroppo.

Credo di aver capito una cosa fondamentale: al pubblico, dello spettacolo che viene messo in scena interessa molto poco, quasi nulla. Sono altri i motivi che spingono un individuo a vestirsi, uscire da casa, affrontare un traffico brutale, passare mezz'ora a cercare parcheggio e spendere quaranta euro per una poltrona in quinta fila. Non certo per vedere un extracomunitario geloso che strozza la moglie a Venezia.

Per il pubblico medio, lo spettacolo è quella parentesi fastidiosa tra le chiacchiere iniziali e la pizza alla fine. A teatro lo spazio piú importante non è il palcoscenico, ma il foyer. Gli spettatori si coagulano lí, chi prende un caffè, chi compra gomme da masticare e cioccolatini. Nessuno vuole entrare in sala, quel momento viene rinviato di continuo. Ci si va a sedere il piú tardi possibile, quando è proprio inevitabile e dopo che la direzione ha insistito piú volte, con una raffica di annunci registrati: «Siete pregati di prendere posto, lo spettacolo sta per iniziare». La gente continua a far finta di niente e a traccheggiare, la voce metallica ripete lo stesso messaggio ma il tono è diverso, dice ancora «Siete pregati di prendere posto, lo spettacolo sta per iniziare» ma è come dicesse: «Entrate bastardi o veniamo a spezzarvi le gambe».

Quando il sipario si apre, comunque, c'è sempre qualcuno che ancora non s'è seduto.

Quelli che entrano in sala con qualche minuto d'anticipo fanno di tutto per non doversi rassegnare all'idea di assistere a una rappresentazione: chiacchierano, salutano amici incontrati per caso, arrivano al punto di rendersi protagonisti di commoventi agnizioni con parenti che non vedevano da anni.

C'è chi corteggia una maschera, chi riconosce un politico seduto due file piú avanti e dà di gomito alla moglie, chi piega il proprio cappotto con le stesse premurose attenzioni con cui i religiosi ripiegano la Sindone prima di riporla, chi commenta l'aspetto fisico e lo stato di frollatura di un'attrice che è lí per guardare, e far guardare, lo spettacolo.

Se la presenza delle poltrone in velluto non lo sconsigliasse, sono certo che ci sarebbe chi pratica il tiro al piattello o impaglia una poiana.

Naturalmente il tutto accade mentre i paganti sono ancora in piedi. Mettersi seduti è considerato un punto di non ritorno. Se ti siedi, accetti l'idea di essere arrivato fino a lí per assistere a *Casa di bambola* di Ibsen: una cosa difficile da accettare, per un italiano dei giorni nostri.

A un certo punto, però e nonostante tutto, si abbassano le luci, fino a spegnersi. È il momento piú bello per dentisti e ortopedici, perché in tanti, avvolti dalle tenebre, nel disperato tentativo di raggiungere la propria poltrona, inciampano e cadono.

Ma l'impiccio non finisce qui.

Lo spettacolo comincia e appaiono i gobbi di Notre-Dame, una serie di personaggi che passano davanti agli altri spettatori, in silhouette, curvi come Quasimodo, cercando di andarsi a sedere senza coprire la visuale di chi siede dietro.

Alla fine, il pubblico si accomoda, si ha l'illusoria sensazione che la situazione si sia stabilizzata. Gli attori stanno recitando da qualche minuto quando la platea finalmente si mostra per ciò che è davvero: un sanatorio.

A turno tutti tossiscono, tutti, senza eccezioni, qualcuno dà addirittura l'impressione di voler sputare sangue. Viene da pensare: se sei in fin di vita, perché hai deciso di passare i tuoi ultimi momenti qui? Molière, da grande istrione, desiderava morire in scena, loro, da abbonati coscienziosi, aspirano a spegnersi in platea. Vogliono che gli altri spettatori debbano scavalcare i loro cadaveri per andare a complimentarsi con gli attori nei camerini, alla fine della commedia.

La pausa tra il primo e il secondo atto permette ai plateali di raggiungere di nuovo il foyer, il solo luogo che amino veramente. Lí trascorrono il quarto d'ora piú bello della loro serata, chiacchierando e sorbendo una bibita, attività per certi aspetti piú divertenti dell'ascoltare un principe danese che si pone domande imbarazzanti con un teschio in mano.

Si tratta però di una gioia effimera: la voce registrata li spinge a rientrare nell'ovile e ad affrontare con serenità l'elefantiasi dello scroto.

Quando lo spettacolo finisce, metà pubblico applaude e l'altra metà si precipita verso l'uscita. Tutti medici che hanno ricevuto una drammatica convocazione dall'ospedale?

Alla luce dei fatti, e dopo un'analisi pluriennale, sento di poter dire che la gente viene a teatro per il ridotto.

Sono convinto che, se si ha davvero l'intenzione di rilanciare il teatro nel nostro Paese, la soluzione è una sola.

Spostare le poltrone dalla platea al foyer.

Sono andato a trovare il mio amico Mauro, che ha una ditta di costruzioni: faceva il manovale e s'è messo in proprio, il che significa che fatica molto lo stesso ma, in compenso, ha tutte le preoccupazioni di un piccolo imprenditore.

In cantiere c'è un momento di tregua, Mauro e suo figlio riposano, seduti sul muro di recinzione che stanno tirando su.

Mi accomodo vicino a lui e guardiamo in silenzio il vento che muove le foglie degli alberi di canfora. Un uomo abituato a costruire case e un altro a scrivere sciocchezze.

– Ho pensato una cosa, – mi dice serio.

– Sentiamo.

– Hai visto tutta quella terra che ho davanti al garage?

Fa un gesto ampio con il braccio, come un capo indiano che indichi all'uomo bianco il suo territorio di caccia.

– Certo. Saranno almeno due ettari... – esagero io, perché so che sentirsi latifondista gli fa piacere.

– Ho pensato una cosa, – ripete, per far crescere la tensione e sottolineare quanto il progetto sia ardito. – Un cimitero di animali domestici, – scandisce.

– Bello, – dico io, ma non ho capito esattamente.

– Mi devo informare al Comune, sai no... per i permessi... e dovrei pure sentire la Nettezza urbana...

Poi attacca con un elenco degno di Noè.

– Cani, gatti, tortore, criceti, conigli... oggi la gente si porta a casa di tutto... e si affezionano a queste bestie! Mi

pare pure giusto, no? E allora, quando muoiono, le vogliono seppellire per bene. Tu offri un servizio, dai la terra per
sotterrare e poi ti occupi di tenere tutto in ordine, pulito.
C'è da guadagnarci...
     Ci ha ragionato. All'inizio, forse, è stato folgorato
dall'intuizione, ma in seguito s'è seduto a tavolino per valutare i pro e i contro.
     – Sei sicuro di volere uno zoo di scheletri dietro casa
tua? – provo a insinuargli dei dubbi.
     – È tutto biologico, – ribatte lui, – non ci sarebbe pro-
blema. E poi a me gli animali piacciono.
     – Ti piacciono da vivi, da morti mettono meno allegria.
E quando te ne occuperesti, che sei sempre al cantiere?
     – La sera, quando torno a casa...
     L'idea, quindi, sarebbe quella di lavorare otto ore su
un'impalcatura e, tornato a casa, mettersi a scavare la fos-
sa per un dobermann.
     – Non lo so, non ho nessun senso degli affari, lo sai... – mi
arrendo.
     Questa iniziativa cimiteriale non mi convince affatto,
ma io farei fallire in due giorni Amazon, se me ne affidas-
sero la gestione. Forse l'inumazione di animali domestici è il grande business del terzo millennio e io, con la mia
devastante assenza di talento imprenditoriale, rischio di
allontanare il mio amico dal meritato yacht che lo atten-
de già in porto.
     – ... e poi penso che 'sti poveri animali se lo meritino,
un cimitero bello tranquillo dove riposare... – la butta sul
filosofico Mauro.
     – Ne sono convinto anch'io, – gli rispondo, ormai in
totale buonafede.
     Comincia a spiegarmi come vorrebbe organizzare il suo
debutto da necroforo: il camposanto sarà diviso in vari settori, destinati alle diverse specie.
     – Mettere i canarini, i pappagalletti vicino ai cani, non
mi sembra giusto...

Apprezzo la delicatezza e glielo comunico, anche se ho l'impressione che l'unico accostamento stonato – a rigor di Natura – sarebbe quello tra cani e gatti.

– Ma... lo hai detto a tua moglie? – Una domanda che avrei dovuto formulare prima.

– Non ci sono problemi.

Non glielo ha detto.

Rimaniamo in ozio su quell'embrione di muro ancora per qualche minuto, poi lo saluto e mi congedo.

Mentre imbocco la via del ritorno, ripenso all'entusiasmo del mio amico, a come la fiamma di un proposito, benché squinternato, riesca a illuminargli l'esistenza.

Dopo un paio di mesi, incontro il figlio per strada.

– Come sta papà?

– Bene, tutto bene.

– E il cimitero degli animali a che punto è?

Il ragazzo sorride, colgo una tenue gioia nella sua voce, una quantità minima, come un filo d'olio su una bistecca.

– No, non se ne fa piú niente.

– Perché? Cos'è successo?

Scuote la testa barbaramente piena di capelli e mi dà la sua spiegazione:

– S'è presentato un tale con un cavallo morto. Papà l'ha mandato via.

– Capisco.

Mi viene in mente un verso di Leopardi a cui penso spesso, ultimamente: «All'apparir del vero | tu, misera, cadesti».

Per fortuna, molte buone idee fanno la fine della povera Silvia.

Un tempo le malattie esantematiche dei bambini erano considerate un fenomeno naturale, non si ricorreva ai vaccini e gli adulti pensavano fosse un bene che i figlioli le avessero, cosí «se le toglievano e via».

Se i bambini in casa erano piú di uno, si utilizzava una strategia utilitaristica: si piazzavano i sani vicini al malato, in modo che fossero contagiati. In questo modo la famiglia risolveva il problema in un'unica tornata.

Mia sorella si coprí di vescicole, mio padre e mia madre ci versarono sopra talco mentolato come zucchero a velo su un pandoro, poi ebbero un breve conciliabolo, al termine del quale mi dissero che potevo continuare a giocare con lei.

Passarono due giorni e, mentre mia sorella si riempiva di pustole, io rimanevo il solito nanerottolo dai capelli dritti di sempre, niente febbre e niente maculazione.

I miei si raccomandarono che trascorressi i pomeriggi seguenti nella stanza di mia sorella, a stretto contatto con lei.

Dopo un altro paio di giorni, purtroppo, continuavo a sprizzare salute da tutti i pori.

Allora i miei genitori giocarono la carta della disperazione: mi schiaffarono a fare i compiti sul letto della malata, che protestò debolmente, mentre cominciava a scrostarsi.

Non serví a nulla.

– Ammazza che anticorpi, – commentò mio fratello maggiore, – 'sto ragazzino è talmente cattivo che pure la varicella tiene lontano!

Mi sentii orgoglioso di questa refrattarietà al morbo e lo raccontai ai compagni di classe, suscitando in loro una certa ammirazione.

Ero invulnerabile come Achille piè veloce.

La varicella l'ho presa a trentasette anni, da mio figlio minore. Ancora convinto della mia invincibilità, ho subito detto a mia moglie che sarei stato io a occuparmi del bambino.

Indirizzare le cose come vogliamo noi, orientarle come un'antenna sul tetto è solo un'illusione: rischiamo di andare incontro a un gran numero di problemi. E di vescicole pruriginose.

Mostrare ai propri figli le cose belle che ancora non conoscono è un privilegio inebriante. Vedere nei loro occhi lo stupore mentre ascoltano per la prima volta *While My Guitar Gently Weeps* e sentire le loro risate quando gli fai scoprire un film di Totò sono sensazioni straordinarie.

A cinque anni sei caduta dalla bicicletta, facendomi spaventare a morte? Hai voluto partecipare a quella festa, anche se io ero contrario? Non importa, adesso leggi questo sonetto del Belli, amore mio.

Mia figlia non sa chi sia Fred Astaire. Glielo sento dire, rabbrividisco ed esulto al tempo stesso. Sono queste le cose che danno un senso al mestiere di padre.

Sarò io a fare le presentazioni, la vita ha scelto me.

La mia ragazza ha solo vent'anni, non si tratta ancora di un delitto ma di una semplice lacuna, una mancanza che si può cancellare. Quando fai conoscere a qualcuno il prodotto di un grande talento, e facendolo gli regali qualche grammo di anima in piú, quella rivelazione ti concede di diventare anche tu, in minima parte, un pezzetto del capolavoro.

Quindi la trascino davanti al computer e le mostro la scena di un vecchio film, in cui Fred volteggia con Ginger, un ago di pino portato dal vento, un sospiro tra i capelli della donna amata, mentre la musica va.

Io non so ballare, anche soltanto camminare mi mette in imbarazzo, però quante volte ho ballato grazie a lui, per interposta persona.

– Guarda com'è leggero, sembra che evapori... Danza con una tale naturalezza che ti convince che potresti farlo anche tu.

– Anche lei è brava... ma lui di piú, – dice la mia bambina e sorride di fronte a un paio di piroette impossibili per qualsiasi altro essere umano.

Puoi rifarle, certo, ma non come quelle.

Guardiamo ancora qualche spezzone. In uno, Fred è già anziano ma sa ancora fluttuare nell'aria, un soffione che entra da una finestra lasciata aperta.

– Pensa, il dirigente di una Major che lo sottopose a un provino a inizio carriera scrisse un commento del tipo: ha una calvizie incipiente, non sa recitare, non sa cantare, sa solo un po' ballare.

– Davvero?

– Davvero. E questo dimostra una cosa.

– Cioè?

– Che della propria imbecillità, non bisognerebbe mai lasciare tracce scritte.

Mi guarda di sguincio, sa che scrivo libri, questa forse avrei fatto meglio a non dirla.

La mia coccinella sorride, ma le coccinelle non si fermano mai troppo a lungo in un posto. Fateci caso, quando vi si posano sulla mano: si lasciano contemplare solo per qualche secondo, poi aprono le minuscole ali e se ne vanno.

Rimango da solo, gli occhiali in mano e *Puttin' on the Ritz* nelle orecchie.

Domani le chiedo se conosce Gene Kelly.

Il Vecchio Testamento ci racconta che la stoltezza, molti millenni fa, spinse gli uomini ad adorare un vitello d'oro.

Oggi, considerato che anche la stoltezza non è piú quella di una volta, al massimo potremmo permetterci di adorare un vitello in silver plate.

La mitologia greca, invece, ci ha regalato un gran numero di storie educative poetiche e crudeli. Ne sono protagonisti gli dèi, entità supreme venerate e temute dagli uomini.

Gli dèi vivevano sul monte Olimpo e non facevano nulla tutto il giorno, se non ingannare e sedurre gli esseri umani. Inoltre, erano capricciosi e viziati. Degli influencer, insomma, però immortali.

Se a individui di questo genere viene concesso dal Fato il potere di comandare il fulmine e di trasformarsi in un toro, è evidente che può capitare di tutto.

Gli uomini erano vessati di continuo e in fin dei conti lo trovavano giusto. Gli dèi amavano interagire con loro: l'invenzione di un'infinità d'intrecci sentimentali tra divinità e mortali testimonia la tendenza della nostra specie, sin dagli albori delle civiltà, alla soap opera.

Quando i flirt arrivavano al capolinea, gli esseri umani facevano sempre una brutta fine, tramutati in piante, animali o costellazioni. Il concetto di "civile rapporto" dopo la fine di una storia d'amore era del tutto ignoto, tremila anni fa.

Gli dèi consideravano la Terra un laghetto sportivo nel quale pescare a loro piacimento creature con cui trastullarsi. Del resto, non uscivano la mattina presto per andare a lavorare, non erano toccati da alcun genere di preoccupazione e avevano un'eternità da riempire. Mettiamoci nei loro panni: dovevano pur inventarsi qualcosa.

Dal canto loro, gli esseri umani prescelti erano sempre pastorelli, cacciatori, fanciulli e fanciulle innocenti, gente in cerca di un'occupazione stabile e di una sistemazione definitiva. Avere a che fare con un dio era un'occasione imperdibile, una fantastica possibilità di cambiare rotta alle loro vite. Insomma, una situazione tipo: «Oggi conduco le capre al pascolo e domani, magari, vado a Bali con Apollo».

Se dovessero gingillarsi con gli esseri umani di oggi, cinici, spietati e sindacalizzati, i numi troverebbero molto piú filo da torcere.

Prendiamo il caso di Afrodite.

Ai giorni nostri sarebbe la dea dell'acido ialuronico, della blefaroplastica e delle mèches. Finirebbe per invaghirsi di un giovane centrocampista di serie B, un efebo ricciuto pronto a dichiarare: «Devo rimanere umile e lavorare ancora tanto».

I due amanti farebbero decine di selfie con le labbra a culo di gallina, sullo sfondo del monte Olimpo, seguendo il protocollo previsto in questi casi.

Zeus s'irriterebbe un poco, ma, pressato dai quotidiani sportivi e dalle tv, dovrebbe fare buon viso a cattivo gioco, e trattenersi dal fulminare la futura mezzala della Nazionale.

L'efebo a questo punto scioglierebbe il contratto con il suo procuratore – se c'è da pagare una penale, si paga! – e si affiderebbe ad Afrodite. Essere rappresentati da una divinità immortale, in fase di rinnovo contrattuale, presenta sicuramente dei vantaggi. La carriera del calciatore avrebbe una svolta, il suo cartellino sarebbe ceduto a un club piú importante e l'ingaggio registrerebbe un'impennata.

I giornali gli affibbierebbero il soprannome di «Divino», inaugurando una stagione senza precedenti di titoli arguti.

Naturalmente la coppia avrebbe un figlio, cui tutto il Paese guarderebbe con tenerezza e speranza: un semidio da poter schierare ai Mondiali, di lí a una manciata d'anni, una garanzia di successo.

Poi la storia finirebbe come finiscono molte storie: la mezzala incontrerebbe una ragazza che lavora nel mondo dello spettacolo, se ne innamorerebbe e la porterebbe con sé in un rovente fine settimana a Formentera. Afrodite lo scoprirebbe e cadrebbe preda di una furia devastatrice, lui si difenderebbe dicendo che la dea è troppo opprimente e che Efesto, l'ex marito di lei, lo tormenta, mandandogli a casa orribili portaombrelli in ferro battuto.

Afrodite allora carezzerebbe l'idea di trasformare il suo ex in una begonia, anche se oggi la gente non è cosí propensa ad accettare senza reagire la metamorfosi in ragni o in siepi d'alloro.

Tutti i riflettori sarebbero puntati sulla dea, bloccata nella sua terribile vendetta dall'attenzione dei social, al cui giudizio nessuno può sfuggire, neppure la madre di Eros. Ridurre allo stato vegetale un idolo delle folle, con 120 milioni di follower in tutto il mondo, la renderebbe troppo impopolare. Gli dèi sono tali perché c'è qualcuno che li adora e costruisce templi in loro nome. Un crollo d'immagine comprometterebbe le sorti di chiunque, soprattutto di una bellona nata dalla spuma del mare.

I due si separerebbero senza drammi, lei con una repressa voglia di strage e un dubbio lancinante sulla freschezza del proprio décolleté, lui con una lunga intervista a un rotocalco sportivo spagnolo.

Dopo un po' di tempo, qualcuno forse scoprirebbe che lo stesso Zeus aveva posto una sola condizione per non interferire con le vicende sentimentali della figlia: una maglietta autografata del suo ex.

Ho letto l'intervista al grande scrittore, su una rivista torturata e abbandonata ormai moribonda sopra il tavolino della sala d'aspetto di un dentista.

Gli chiedevano consigli di scrittura, cosa fare per renderla ipnotica e affascinante. La risposta piú seria sarebbe stata: «avere talento». Il grande scrittore lo sa bene e proprio per questo dà un parere davvero sorprendente.

«Consiglio di usare il meno possibile gli avverbi. Io li evito come la peste, sono lunghi, ineleganti e appesantiscono la frase».

Rimango perplesso, una cosa che m'è sempre riuscita bene. Il grande scrittore potrebbe avere ragione, anzi, ce l'ha certamente.

Purtroppo, mi rendo conto di usare avverbi in continuazione, ne ho un'intera coltivazione nella testa, crescono in maniera spontanea, liberi e rigogliosi.

Utilizzo gli avverbi da mezzo secolo, sin da bambino, non li ho mai discriminati, trattandoli, ogni volta che mi si sono presentati, come le altre parti del discorso, con uguale dignità. Mi piacciono i predicati verbali, forse per via dei delicati intrecci che sanno creare nella spietata *consecutio temporum*, ma per l'avverbio ho un debole: è l'umile faticatore che insaporisce la frase. L'avverbio è uno di noi, non ha la bellezza del sostantivo, va bene, è un ragazzo di periferia pronto a darti una mano, se le cose buttano male.

Senza avverbi non potremmo promettere «T'amerò sempre» o minacciare «Non mi vedrai mai piú». Promesse e minacce poco attendibili, d'accordo, però familiari a tutti noi. Adesso, invece, il grande scrittore – un autentico razzista verbale – ci dice che le parole non sono tutte uguali. Non lo so se mi sta bene, ma non credo. Ammetto che molti avverbi siano goffi, come certi adolescenti dinoccolati che camminano curvi sotto un ciuffo guerrigliero. *Inaspettatamente*, ad esempio.

Ma queste parole sono parte di noi, ci hanno aiutato a esprimere quello che sentiamo sin da piccoli, durante quegli anni difficili nei quali ci aggrappavamo ai *quando* e ai *dove* piú che alla gonna della mamma.

Non intendo voltare le spalle a questi vecchi amici. Immagino camion militari pieni di avverbi portati via, trascinati verso un futuro oscuro e terribile, eliminati dai vocabolari e denunciati dai delatori.

«A pagina 35 del romanzo si nasconde un *continuamente*, quando me lo sono trovato davanti non volevo credere ai miei occhi... ho pensato fosse mio dovere segnalarlo...»

Maledetti bastardi.

Io li nasconderei in casa, pronto a farli entrare nella cantina se i soldati venissero a cercarli. Riceverei quelle carogne parlando all'infinito, come il Tarzan di Johnny Weissmüller.

Per dare una parvenza di legalità ai rastrellamenti e agli arresti, il grande scrittore ordinerebbe di organizzare dei processi farsa, tutti gli avverbi sarebbero stipati dentro delle gabbie a sorbirsi le accuse piú infamanti, in silenzio e a capo chino. Tutti, tranne uno: *Eroicamente*, che griderebbe il suo disprezzo in faccia a quel maiale del Pubblico ministero.

Poi, un giorno, scatterebbe la rivolta.

I membri della Resistenza, dopo essersi riuniti in segreto per mesi, ripetendo tutti insieme *poco*, *bene* e *spesso*, un mantra di grandissima efficacia, deciderebbero con coraggio di passare all'azione, spodestando il Dittatore e rendendo di nuovo possibile la libera circolazione degli avverbi nei discorsi della gente.

Migliaia di *Felicemente*, *Liberamente* e *Fraternamente* riempirebbero le strade delle città, portando un'allegria mai provata prima e permettendo a ogni persona di far capire agli altri, con totale precisione, quello che intende dire.

Io me ne andrei in giro a bere caffè nei bar e a leggere i giornali appena usciti, che avrebbero tutti lo stesso titolo: *Finalmente*.

Il grande scrittore dovrebbe fuggire all'estero, è naturale, e troverebbe asilo in Francia, sicuro.

Io continuerò a usare gli avverbi senza sensi di colpa. Per fortuna non sono un grande scrittore.

Ho l'impressione che la Casa editrice abbia delle perplessità sull'idea che le ho proposto: una serie di racconti comici sulla Morte.

Mi sembra uno spunto interessante, pieno d'occasioni di divertimento, ma dall'altra parte non ho sentito quell'entusiasmo che mi aspettavo e che mi servirebbe da sprone.

Vorrei aprire la raccolta con questa piccola storia:

Gli uomini avevano risolto tutti i loro problemi: la povertà, le malattie, le guerre.

Increduli dei risultati raggiunti, non sapendo darsi una spiegazione di come ci fossero riusciti, rimasero qualche anno a controllare se qualcuno ogni tanto tossiva, se qualcun altro non poteva permettersi un'automobile sportiva e se girassero ancora individui con la voglia di litigare.

Constatato che tutto filava liscio, decisero di affrontare l'ultimo problema che la loro specie non riusciva a risolvere.

Formarono una delegazione, la cui composizione causò lunghe discussioni e polemiche sfibranti. Furono esclusi i Religiosi, perché sarebbero stati troppo accomodanti con il loro datore di lavoro. Anche gli Intellettuali non vennero presi in considerazione, perché avrebbero finito per incartarsi in ragionamenti cervellotici e disquisizioni inutili, con grande perdita di tempo. I Politici cercarono di prendere in pugno la situazione, ma il Gran Giurí dei Sensati ordinò che fossero sottoposti subito al regime di libertà vigilata, per evitare che combinassero guai. Gli Avvocati sarebbero stati adatti all'incarico, capaci come sono di condurre un negoziato. Ma chi è che, ragionevolmente, può fidarsi di un avvocato?

Alla fine, la scelta cadde su un gruppo cosí costituito: due madri, per avere in squadra qualcuno che conoscesse bene il valore della vita – una con il figlioletto ancora attaccato al seno e l'altra, mamma di un brigadiere dei Carabinieri –, poi furono selezionati un pensionato delle Poste, che essendo avanti negli anni aveva a cuore il problema, un elettricista, uomo pratico e onesto, un venditore ambulante e un agente immobiliare, due tipi che nelle trattative sapevano come cavarsela, poi ancora un'addetta alle pulizie, abituata a lavorare duro, e, infine, un cantante, perché non si sa mai.

La piccola rappresentanza fu condotta su un monte alto e brullo. Qui, dopo un'attesa di giorni, incontrò Dio.

– Che volete? – domandò l'Altissimo, sulla difensiva.

– Ne abbiamo parlato tanto tra noi, Padre. Volevamo chiederle se poteva pensare a qualcosa di alternativo alla Morte. Proprio non ci piace, non riusciamo ad abituarci, – disse l'elettricista.

Il cielo lampeggiò, un tuono uní due punti nel blu.

– Cosa significa che non riuscite ad abituarvi? Non si tratta mica di un orario di lavoro. È il vostro destino da millenni. La Morte è la grande traversata, la cessazione e la pace. Non ho altro da dirvi.

– D'accordo, non la prenda male. È un'idea che ha sempre funzionato, un finale chiaro, netto, preciso, senza mezze misure. Noi lo abbiamo sempre accettato, – disse con gli occhi rivolti a terra il pensionato.

– Non che vi abbia dato alternative.

– Appunto! Dopo tutto questo tempo, se si potesse trovare un'altra soluzione, noi preferiremmo... Abbiamo raccolto cinque miliardi di firme...

– Vi comportate come se stessimo parlando del riscaldamento condominiale, – intervenne il Creatore, un poco di stanchezza nella voce, – questa conversazione sta diventando imbarazzante.

– Io ho perso mia madre a sei anni, – disse allora l'elettricista.

– Io mia moglie, due anni fa. Avevo appena smesso di lavorare, avremmo potuto stare finalmente insieme, invece... – aggiunse il pensionato.

– Io ho paura per lui, anche se è cosí piccolo, – sussurrò la madre con il bambino in braccio.

– Mio figlio fa un mestiere pericoloso. Quando squilla il telefono, io ho sempre l'ansia, – disse la mamma del carabiniere.

– So come vanno le cose, lo so bene. L'ho stabilito io. Capisco il vostro dolore, le vostre preoccupazioni. È la condizione umana –. Se il Primo Motore viene definito Immobile, dipende anche dal fatto che non torna con facilità sulle sue decisioni.

– Lei ha tutte le ragioni, Eminenza, – intervenne il venditore ambulante, declassando l'Entità Suprema a cardinale, – però cerchiamo di venirci incontro... spacchiamo il mare a metà...

– È una cosa che ho già fatto con Mosè, – puntualizzò Dio.

– Noi ci affidiamo a lei, Immensità, – ecco l'agente immobiliare, – confidiamo nella sua generosità... anche io nel mio lavoro cerco sempre di accontentare la clientela, per me è l'obiettivo principale...

Tra la frase dell'agente immobiliare e la folgorazione si frappose solo la pazienza dell'Onnipotente.

– Avete una gran faccia tosta. Del resto, vi ho creati io cosí, – fu il Suo commento.

Tutti gli esseri umani presenti, allora, cominciarono a parlare contemporaneamente, nel tentativo di convincere il loro eccezionale interlocutore che non doveva pentirsi di averli messi al mondo, nonostante le apparenze.

– E cosa proponete, al posto della Morte? – tuonò il Padre Eterno, sovrastando il caos delle voci.

– Noi non pretendiamo l'immortalità, ci mancherebbe altro... – mise le mani avanti il venditore ambulante.

– ... creerebbe anche problemi di sovrappopolazione... – specificò l'elettricista, che quella mattina aveva lavato alla fontanella il suo buonsenso con spugna e bagnoschiuma, come si fa con le utilitarie.

– Io credo, – s'intromise il pensionato, – che ci basterebbe, come specie umana intendo, sapere qualcosa in piú su quello che ci aspetta dopo la Morte... avere delle garanzie sulla vita oltre la vita.

– Chi vi ha detto che c'è una vita oltre la vita?

Nella piccola armata della speranza scese il gelo.

– Ma come? Le religioni allora... – farfugliò l'addetta alle pulizie. Il cantante continuava a tacere.

Dentro di sé l'Altissimo se la rideva, e la risata rimbombava in uno spazio infinito.

– Le religioni sono una creazione di voi uomini, non mi tirate dentro.

Tutte le strategie escogitate da quella modesta rappresentanza diplomatica erano crollate in un attimo. Gli esseri umani si guardarono tra loro, senza piú parole. Il Signore allora ne ebbe pietà.

– Va bene, mettiamo il caso che io abbia prepa-

rato per voi una vita dopo la vita. Mettiamo il caso, eh! Ve ne accorgerete dopo che sarete trapassati...
– Ecco, è proprio questo il punto. Abbiamo paura, non sappiamo quello che ci aspetta, se saremo ancora noi stessi, se rivedremo le persone care... – cercò di spiegare il pensionato.
– Che c'è, vorreste che firmassi un atto notarile, con tutte le garanzie? O magari vedere un dépliant dell'aldilà? Prima avete parlato di religioni... le religioni prevedono la fede, sapete?
– Ma no, no, Santità, – esclamò il venditore ambulante, promuovendo il Creatore da cardinale a papa, – però si metta un po' nei nostri panni...
– Siete voi che dovreste essere a mia immagine e somiglianza, non il contrario...
Il cielo cambiava di continuo colore, come un caleidoscopio.
– Ma certo, certo, – si sbracciò l'addetta alle pulizie, – non volevamo mica discutere le Scritture... solo che... avremmo preparato un prospettino... un'ipotesi da sottoporti... – Lei dava del tu a tutti.
Le due madri ripresero improvvisamente vigore, la parola «prospettino» aveva acceso nuove aspettative.
– Che cos'è? – domandò il Signore, e le foglie cadute e accartocciate sul terreno ebbero un fremito.
L'agente immobiliare estrasse dalla tasca un foglio di carta piegato in quattro.
– Noi pensavamo, se lei è d'accordo, Maestro... – iniziò il venditore di appartamenti.
– Maestro? – sibilò il pensionato, dando di gomito al collega.
– Va bene, va bene, mi fa sentire piú giovane, – rispose Dio.
– Ecco, noi pensavamo, – riprese l'agente immobiliare, – a un'ipotesi del genere... centocinquant'anni di durata media garantita dell'esistenza, abolizione

della Morte, intesa come evento traumatico e doloroso, sostituita da un semplice trasferimento nella vita eterna, in compagnia delle persone care già defunte.

Seguí un lungo silenzio, che gli esseri umani non sapevano come interpretare. Poi, la voce di Dio tornò a farsi sentire:

– Avete qualche preferenza riguardo al menu?

Gli uomini tacquero. Il loro progetto era un ponte che si reggeva su piloni di sabbia. Avevano preparato anche un piano B (Morte solo per i cattivi) e un piano C (numero chiuso, come la facoltà di Medicina: nessuna nuova nascita, arrivati a una certa età gli individui già esistenti potevano riavvolgere il nastro e ripartire dall'adolescenza) ma non se la sentirono di sottoporli al Signore.

– Conoscere il finale di un film toglie tutto il gusto di vederlo, no? E poi voi, figli miei, non avete mai amato chi spoilera, tutti i profeti che vi ho mandato hanno sempre fatto una brutta fine... accettate il Mistero e vivete secondo coscienza –. Detto questo, Dio non parlò piú.

La delegazione discese dal monte, malinconica. Pregare e andare di tanto in tanto da un buon medico continuava a essere la migliore strategia, per gli esseri umani.

Cominciò a piovere e la piccola processione accelerò il passo.

– Forse, se abbassavamo l'età media garantita a cento anni, accettava, – biascicò l'agente immobiliare.

Il cantante cominciò a cantare un pezzo di Sam Cooke e nessuno seppe spiegarsi il perché.

Sono anni che bevo il caffè amaro.

Non mi piace il caffè amaro. Eppure lo bevo, ne sorbisco tre o quattro tazzine al giorno, tutti i giorni della settimana.

Potrei aggiungerci lo zucchero, in passato lo facevo, un cucchiaino e mezzo.

Adesso non lo faccio piú, lo zucchero fa male, e cosí mi sono imposto questa piccola, salubre tortura.

Mi capita di prendere anche del caffè americano, in alcune occasioni, in genere incontri di lavoro. Un beverone lungo come l'elenco dei peccati di Don Giovanni e bollente come il bitume.

Ha un sapore terribile. Anche questo, lo prendo amaro.

Se mi metto a pensare a tutte le cose che faccio, che accetto o che subisco e che non mi piacciono, temo che l'inventario sia piú impegnativo di quello di un grande magazzino.

Non mi piace alzarmi presto la mattina, non mi piace la pasta coi ceci, non mi piace gran parte della musica che trasmetto per radio, non mi piacciono le riunioni di condominio, i talk show televisivi, i giubbotti di renna.

Il novero delle cose che non ci piacciono è molto piú lungo di quelle che ci piacciono, per questo le cose che ci piacciono sono cosí preziose.

Il caffè amaro e tutto il resto, probabilmente, servono a farmi apprezzare di piú la pasta alla carbonara e il sorriso di mia moglie.

Tutti abbiamo un qualche sogno curioso, di cui vergognarci un poco. Un giorno, mi piacerebbe aprire un quotidiano sportivo e leggere:

È atterrato ieri sera all'aeroporto di Fiumicino Alceste Novelli, l'italiano campione olimpico di Contraddizioni outdoor. Ad attenderlo, una folla entusiasta e plaudente, che ha accolto con calore l'atleta al suo ritorno da Budapest, dove ha conquistato la medaglia d'oro in questa nuova disciplina sportiva.

– Sono molto felice dell'accoglienza festosa, – ha dichiarato ai tanti giornalisti presenti, – ma soprattutto detesto il clamore eccessivo.

Novelli, durante una finale all'ultimo respiro, è riuscito a prevalere sui suoi due avversari piú pericolosi, l'americano Cabbot e l'ucraino Janukovyč. Alceste ha subito conquistato la testa del gruppo, nella prima delle tre prove, garantendo ai giudici di gara di non essere assolutamente razzista ma di preferire che gli atleti di colore fossero estromessi dalla manifestazione. Insomma, s'è capito sin dal principio che il nostro campione avrebbe potuto recitare un ruolo da protagonista e ambire al podio.

Durante la seconda prova, quella del buffet, nella quale i Paesi dell'Est sono tradizionalmente molto competitivi, Novelli ha fatto intendere a tutti di essere lui l'uomo da battere: in un momento di distrazione del suo dietologo, e dopo aver rifiutato con un'abile finta una porzione di arrosticini e dichiarato di voler perdere almeno quattro chili, ha inghiottito in rapida sequenza un piatto di fritti misti, una vaschetta d'insalata russa e dei tramezzini assortiti, classificandosi secondo alle spalle del polacco Śliwiński.

Ma è nella terza prova che l'azzurro ha dato il meglio, aggiudicandosi la vittoria finale: nella sfida della «mitraglietta», come la chiamano gli esperti di questo nuovo, emozionante sport. Novelli, nel tempo di assoluto valore mondiale di quattordici secondi e due decimi, ha dichiarato di essere cattolico ma di non riconoscersi nella Chiesa, di essere un uomo fedele in amore anche se ogni lasciata è persa e di amare la natura e di voler visitare i grandi Parchi naturali a bordo della sua grande jeep a gasolio. Un trionfo.

Adesso, dopo alcuni giorni di meritato riposo, Alceste riprenderà la preparazione, in vista del Golden Incoherence Gala. Una nuova stella splende alta nel firmamento dello sport italiano, dopo un decennio di grigiore. Era ora.

Forse ho capito come vendere due milioni di copie. Un romanzo horror, un genere nobile e commerciale al tempo stesso. Quando ne parlerò alla Casa editrice, credo che sarà d'accordo con me.

Ho già in mente una bella trama raccapricciante...

Una grande luna risplendeva tenue sulla campagna maremmana, illuminando i covoni di fieno, i cipressi, i girasoli, i vecchi granai.

In contrasto con tutta quella serenità evanescente, gli animali apparivano nervosi, le civette gridavano petulanti, i buoi nelle stalle non trovavano pace, un cane da pastore scarmigliato aveva interrotto il suo sonno leggero in preda a un'agitazione senza nome.

Un uomo risaliva il crinale della collina, era Gualtiero, il vecchio fattore dei Cardelleschi, una ricca famiglia della zona, molto rispettata per l'abbondanza di mezzi e la mancanza di scrupoli.

Gualtiero era stato a cercare braccianti per la vendemmia, qualcuno l'aveva trovato, qualcun altro gli aveva detto che avrebbe dato una risposta entro pochi giorni. Ora tornava verso la tenuta, il passo era affaticato, la mente piena di zuppa di fave e Morellino.

Entrò nel boschetto che lo avrebbe accompagnato fino alla strada sterrata, da lí sarebbero mancati solo due chilometri al suo piccolo casolare. Ripensò a suo figlio Astorre, che era stato costretto a emigrare all'estero per trovare un lavoro e ora faceva il cameriere in una sala da tè di Birmingham. La moglie Norma era malata, da tanto tempo, anni, ormai. I soldi per curarla non c'erano, cosí la coppia s'era abituata ad andare avanti facendo finta di niente.

«Non ho combinato granché nella vita... non ho combinato granché», si disse il vecchio e continuò ad arrancare verso casa.

Uno strano suono uscí da una macchia di lecci a un centinaio di metri da lui. Gualtiero rabbrividí, non riuscendo a comprendere quale fosse l'origine di quel gemito spaventoso.

«Un gufo... può essere un gufo... è un gufo certamente...»

Le gambe cominciarono ad andare piú veloci, benché il fattore si ripetesse che non c'era nulla di cui avere paura e che il bosco era sempre pieno di rumori paurosi, col buio.

Alle sue spalle sentí un lungo lamento, quasi un ululato.

– Santa Rita proteggimi! – esclamò il vecchio e tentò di accelerare ancora la sua marcia. Uno scalpiccio agghiacciante dietro di lui l'immobilizzò per un momento, poi Gualtiero prese a correre, una corsa lenta e disperata, scandita da un affanno che il poveretto sperava fosse il suo. Non osò voltarsi, riusciva solo a guardare davanti a sé il casolare che si avvicinava, non veloce come avrebbe desiderato.

«Rimani calmo, rimani calmo... sarà un cane, un vecchio cane da pastore che ha il suo gregge da queste parti...» a tranquillizzare Gualtiero non c'era nessuno come Gualtiero.

Le foglie intorno a lui, gli arbusti, i cespugli, i tronchi degli alberi turbinavano. L'uomo cadde a terra con il volto nell'erba, poi si rialzò, le ginocchia doloranti, il cuore che martellava.

Qualcosa lo afferrò per una spalla e lo strinse con vigore sovrumano. Gualtiero sgranò gli occhi e il suo respiro scomparve. Passarono pochi secondi, un'eternità per chi aspetta di sentire in bocca il sapore del sangue.

Però non accadde nulla.

Il vecchio si voltò piano, tremando, senza riuscire a immaginare cosa si sarebbe trovato di fronte.

Davanti a lui c'era un tale sulla quarantina, sbarbato e ben vestito, con un rotolo di banconote nella mano destra.

Sorrideva.

– Dio mio! – soffiò il fattore.

Il quarantenne alzò la testa verso la luna e ululò. Poi riprese il controllo di sé.

– Mi scusi, le farò perdere solo poco tempo. Immagino che stia tornando a casa dopo una giornata di lavoro...

La voce dell'inseguitore era pacata, gentile, anche se il suo timbro gelava il sangue nelle vene.

– Sí... – fu la risposta impercettibile di Gualtiero.

– Lo immaginavo... i gomiti della sua giacca... i gomiti della sua giacca... – ripeté piú volte la strana creatura del bosco.

– Cos'hanno? – ebbe il coraggio di chiedere il vecchio.

– Sono lisi, consunti... le sue scarpe... mi perdoni, ma le sue scarpe sono logore, sformate... lei è un poveracciooooooooooooo! – Un nuovo ululato scosse il petto del quarantenne. Mancò poco che Gualtiero non perdesse i sensi. Si fece forza. La sua Norma, a casa, lo aspettava.

– Ecco, – disse lo strano personaggio, porgendo il denaro, – prenda questi... sono duemilacinquecento euro, le faranno comodo!

Gualtiero capí che tutte le storie che aveva sentito raccontare per anni, tutte le inquietanti leggende erano fondate.

«Signore, aiutami... allora è vero... nel bosco ci sono i filantropi...» Si fece il segno della croce e tentò di fuggire, ma l'orribile benefattore, con due balzi prodigiosi, gli fu di nuovo addosso e lo agguantò per il lembo della giacca.

– No, non faccia cosí... non sopporto che lei faccia cosí... – mugolò l'essere incravattato. Poi infilò la mano tremante nella tasca e ne estrasse altre banconote. Quando il vecchio le vide, sentí il panico impadronirsi di lui.

– No, no, è troppo... la prego, abbia pietà!

Gli uomini del villaggio provavano un orrore istintivo per la generosità immotivata, da anni le anziane raccontavano ai nipotini favole nelle quali, al calar del buio, mostri dagli occhi fiammeggianti uscivano dalla foresta e aiutavano malcapitati viandanti a pagare il mutuo.

– Non è troppo, non è mai troppo, – ringhiò il mecenate, in preda a un fortissimo attacco di filantropia acuta, – prenda tutto, lei ha bisogno d'aiuto... un terribile bisogno d'aiutooooooo! – L'altruismo scorreva nelle sue vene e gli deformava i lineamenti.

Gualtiero pensò che fosse arrivata la sua ora, le mani dell'elegante signore si muovevano rapide, il fattore si rese conto che non c'era piú via di scampo: l'uomo stava compilando un assegno.

– I contanti non bastano, non bastano... ecco, prenda questo, le garantisco che è coperto...

Gualtiero capí in quel momento che il suo aggressore non si sarebbe fermato davanti a niente e che lo avrebbe aiutato fino all'ultimo respiro.

Trascorsero cinque minuti, dieci, forse un'ora. Quando il fattore tornò in sé, la testa gli girava e provava una vaga sensazione di solidarietà con i suoi simili.

Il filantropo s'era dileguato con la stessa impressionante velocità con cui era comparso. Gualtiero, barcollando e fermandosi di tanto in tanto, riuscí a raggiungere con grande fatica l'uscio di casa. Norma gli andò incontro.

– Dio mio... cosa è successo?

Il vecchio non parlò, non disse nulla. La moglie lo fece sedere, gli diede un bicchiere di vino e lasciò che riprendesse fiato. Aveva capito cos'era capitato al marito, non si trattava del primo caso, in quell'autunno freddo e minaccioso.

– C'è la zuppa di ceci, – aggiunse poi, sapendo che Gualtiero non avrebbe raccontato nulla. Per il bene di tutti.

Lui mangiò in silenzio, Norma accese la radio per ascoltare il notiziario.

– Domani accompagno la Franca dal Restelli. Non le funziona piú lo scaldabagno, andiamo a vedere se ci fa un buon prezzo. Quelli che ha visto in città costano troppo... – disse lei.

Gualtiero fermò il cucchiaio a mezz'aria e lo lasciò cadere nel piatto, come una beccaccia colpita dai pallini di un cacciatore.

– L'aiutiamo noi... ecco... – Le allungò trecento euro. Norma trasalí e si portò una mano al petto.

– Oh Maria Vergine... la maledizione... ti ha passato la maledizione...

Il vento fece battere le imposte della cucina.

I due coniugi si guardarono pieni d'angoscia, mentre cominciava a piovere piano.

La Casa editrice mi ha comunicato che il genere horror
è molto difficile da collocare all'interno delle sue collane.
Sarebbe meglio, molto meglio, il genere sentimentale.
Mi rendo perfettamente conto. Nessun problema.
Un filantropo innamorato?

Il lampadario della stanza da letto è l'unico oggetto che ho scelto, in tutto il mobilio di casa. Il resto l'ha voluto mia moglie, io al massimo ho fornito un appoggio esterno, ho dato un modesto parere, quasi una nota a piè pagina. Ma il lampadario no, quando m'è apparso bello luccicante su quel catalogo, ho esclamato: «Eccolo, è questo!» e – non saprei dire perché – sono stato esaudito.

Nelle visite guidate all'appartamento nuovo che si fanno con amici e conoscenti, io cercavo sempre di attirare l'attenzione su quel lampadario.

– Questo l'ho scovato io, eh! – mi celebravo. Preso dall'entusiasmo esaltavo la linea dei suoi piccoli bracci metallici, il modo disinvolto con il quale, dal soffitto, si protendevano verso la stanza. Gli apprezzamenti degli ospiti mi inorgoglivano.

Purtroppo, è il solo elemento d'arredo che ci ha creato problemi.

La metà delle sue lampadine non funziona. Sono tutte a basso consumo, talmente basso che non si accendono proprio. Allora bisogna prendere la scala e salire su, toccarle e vedere se riprendono vita. Il giorno dopo, però, lo sciopero ricomincia.

Abbiamo consultato un paio di elettricisti, ma nessuno è riuscito a capire che problema abbia questa lampada. «Dispersione» e «contatti» sono le due parole che ho carpito dal discorso che facevano a mia moglie. Solo un'operazione a lampadario aperto avrebbe potuto fugare tutti i dubbi, ma non ce la siamo sentiti di affrontarla, anche perché è molto probabile che «se la rogna s'è presentata, si ripresenterà».

«Qui c'è poca luce, non mi va di stare in questo mortorio... dobbiamo sostituirlo», ha sentenziato mia moglie. So che ha ragione. Nella vita bisogna avere il coraggio di compiere gesti drastici e, se è il caso, cambiare un lampadario.

Qualche sera fa, mentre lei stava in bagno e io m'ero già infilato sotto le coperte, ho alzato gli occhi al soffitto ed esaminato con amarezza quello scansafatiche. Il monumento al mio insuccesso.

L'avevo scelto con tanto amore...

Il giorno dopo, su Internet, abbiamo trovato un altro lampadario. Mia moglie m'ha concesso l'onore delle armi, chiedendomi se mi piaceva.

Mi piaceva.

Il vecchio lucifero è stato smontato, avvolto nella plastica per imballaggi e sepolto in soffitta. Quello nuovo ha preso il suo posto e, non ci crederete, funziona. In tutte le sue lampadine.

Questa storia c'impartisce due lezioni.

Su un piano piú pedestre, ci dice che concentrarsi su un unico obiettivo, sempre e solo su quello, spesso si rivela una grande fregatura.

Su un piano piú elevato, ci mostra quanto sia difficile e arduo raggiungere l'Illuminazione.

La breve cronaca che segue, fedelmente tratta dalla realtà, contiene alcune espressioni che potrebbero turbare la sensibilità dei lettori piú educati e politically correct. Me ne scuso, ma le cose andarono esattamente cosí.

Eravamo seduti intorno al tavolo di una pizzeria. Le ordinazioni si facevano attendere, come ogni sabato sera. Ci buttammo sui supplí per ingannare il tempo. Insieme a me c'erano Walter, agente di polizia, Massimo, rappresentante di fotocopiatrici, e Stefano, impiegato della compagnia del gas.

Stefano vive su una sedia a rotelle.

Ci conosciamo da mezzo secolo, le nostre vite sono andate in direzioni diverse e ormai ci vediamo di rado. Ad accomunarci c'è il ricordo lontano di sconfinate partite di calcio nella piazzetta sotto casa, con il portinaio che minacciava di uccidere il pallone.

Stefano ha perduto l'uso delle gambe molti anni fa, in Sardegna, a causa di un incidente d'auto.

– ... sopra una cazzo di Alfasud. Almeno fosse stata una Maserati! – commenta, quando richiama alla memoria ciò che gli è capitato.

Quella sera si stava parlando non ricordo di che, quando saltò fuori l'espressione «diversamente abile».

– Diversamente abile una fava. Io sono un handicappato, – ci tenne a chiarire Stefano.

Iniziò una discussione molto singolare, nella quale uno

degli interlocutori esigeva di venire discriminato verbalmente, mentre gli altri tre tentavano di fargli cambiare idea. Come se Mandela avesse preteso d'essere chiamato «negro».

– Che ipocrisia! Ma diversamente abile a fare cosa? Che per caso so fare gli gnocchi col culo? No! E allora. Io sono seduto qui sopra, non posso camminare, non posso correre. Sono «abile» a fare le cose che facevo prima, cioè evadere delle pratiche, ma con il grande limite di non potermi alzare dalla sedia.

– D'accordo, ma handicappato è un termine offensivo, scusa. Tu puoi fare tutte le cose che facevi prima, tutto quello che fanno gli altri... solo in maniera diversa. È anche un discorso di dignità... – disse puntuto Walter.

Intuii subito che quello scambio di vedute aveva da qualche parte un detonatore e un timer, ma sapevo che non avrei fatto in tempo a scovarli e a disinnescare l'ordigno.

– Ahhh... allora il problema non è la sostanza, ma la confezione. Però una cagata rimane sempre una cagata, anche se la incarti per bene e ci metti sopra un nastro colorato! E allora, al posto di diversamente abile, perché non usare «Capace ma con qualche rischio» oppure «Potrebbe, ma non riesce a fare un cazzo»?

– Forse sarebbe il caso di abbassare un po' il tono... – intervenne con grande imbarazzo Massimo. Dai tavoli intorno cominciavano a guardarci.

– Le parole sono importanti, – contrattaccò Walter, uno che non molla facilmente, – è una questione di rispetto, come fai a non capirlo?

– Forse perché sono un handicappato, – non perse la battuta Stefano.

– Handicappato è una definizione discriminatoria, mentre chi ha un problema tipo il tuo...

– Un handicap...

– ... un problema tipo il tuo, deve essere considerato una persona come un'altra, con le stesse potenzialità.

- Tra un po' mi dirai che ho avuto una bella botta di culo ad avere l'incidente... - Stefano si stava scaldando.
- ... ascoltami bene: io non sono diversamente abile, sono disabile, vorrei fare tante cose e non posso farle. Qui si gioca sui termini, è una cosa da paraculi e mi fa incazzare... siamo pieni di furbi in Italia, se li esportassimo, rilanceremmo l'economia... l'altro giorno, in televisione, c'era un tizio sulla sedia a rotelle, come me. Era in un porticciolo turistico, a bordo di un'imbarcazione, diceva che si trattava di un catamarano accessibile... lo definiva cosí: catamarano accessibile... e raccontava che quel trabiccolo era stato costruito per lui, proprio sulla base delle sue esigenze... cosí lui riesce a muoversi su tutta la barca, in lungo e in largo, e a guidarla... pensa che ha vinto nove regate...
- Lo vedi? Lui sta su una sedia a rotelle ma può fare tutto... quindi è «diversamente abile»...
- No... è ricco, 'tacci sua! Se fosse stato un morto di fame, come me e come te, manco su un pattino lo facevano salire! Nel mondo normale, nella vita reale, se stai in carrozzella non sali neanche su un autobus... e mi vieni a parlare di parole e di definizioni!
- Sei troppo pieno di livore e finisci per condizionare la tua stessa vita, - replicò ecumenico Walter.
- Ah sí? E allora giovedí prossimo prenota il campo, andiamo a giocare a tennis insieme, vediamo se ti diverti.
La polemica, a differenza delle pizze, era stata servita. I toni continuarono a scaldarsi, Walter teneva alto il vessillo della civiltà e dell'uguaglianza, Stefano elencava una serie di parole corrette e progressiste che disprezzava, Massimo cercava di calmare gli animi.
A un certo punto, dopo l'ennesima provocazione di Stefano, Walter perse completamente la testa, si alzò in piedi gridando: - D'accordo, sei uno storpio di merda... va bene cosí?
Un cameriere infilò a tutta velocità le nostre pizze nei contenitori di cartone e ci scortò fino all'uscita.

Ecco, le cose andarono cosí.

Io, durante il conflitto atomico tra crostini e crocchette, rimasi neutrale. A volte, in situazioni del genere, cado preda della sindrome da Metropolitan, cioè sto seduto in platea a godermi lo spettacolo.

Qualche settimana dopo, ho rivisto Stefano all'edicola. Stava comprando un'enciclopedia a fascicoli, di quelle che regalano modellini di vascelli da montare.

– Non ho piú sentito Walter. Dimmi la verità... ho esagerato? – ha buttato lí mentre pagava.

– Diciamo che sei stato diversamente affabile.

Abbiamo riso.

– Comunque, tu eri l'unico autorizzato a parlare dell'argomento... – gli ho concesso.

Mi ha salutato e si è allontanato. La sua carrozzina ha caracollato per un po' sul marciapiede dissestato, poi è scomparsa dietro l'angolo.

Lo scontrino fiscale è un oggetto romantico. Il piú romantico.

Niente regge il confronto con quel pezzetto di carta, né un libro di poesie né un gioiello, tanto meno quelle riserve naturali di acari che sono i peluche.

Lo scontrino è semplice, modesto, privo della retorica di certe canzoni d'amore, dura piú di una rosa e ti permette di riportare alla memoria con precisione un incontro, un momento particolare della tua vita.

Ti ricorda addirittura a che ora è avvenuto quell'incontro e quanto hai speso.

Lo scontrino è un testimone attendibile dei fatti.

Si eclissa per riemergere quando meno te lo aspetti nella tasca di un cappotto o in una vecchia borsa da lavoro, stropicciato e introverso.

La tentazione iniziale è sempre quella di buttarlo, ma resisti, non lo fai, ed eccoti lí, immobile e con lo sguardo beota, a rivivere un'emozione.

La prima volta che le hai offerto un caffè, ad esempio.

Avevi studiato per giorni il campo di battaglia, come un generale napoleonico. Il bar del Nibbio era piú grande ma Stacchini aveva la boiserie alle pareti e le poltrone di pelle.

Le poltrone di pelle fanno sempre colpo.

Eri arrivato in anticipo, lei s'era fatta aspettare giusto qualche minuto (non saprai mai che era stata puntuale anche lei, ma aveva fatto un paio di giri dell'isolato per non mostrarsi troppo interessata a quell'appuntamento).

Vi eravate seduti, lei aveva ordinato un cappuccino con dei pasticcini – piú eleganti di un grossolano cornetto –, tu invece, nonostante un certo bruciore allo stomaco che gridava disperato «succo di frutta oppure orzo in tazza grande!», avevi chiesto virilmente un caffè.

Subito dopo eri partito come una mietitrebbiatrice, avevi iniziato a parlare, stabilendo un primato di apnea senza precedenti. Lei aveva ascoltato, sorriso di tanto in tanto, interloquito qualche volta per pochi secondi, lasciando poi di nuovo a te la fatica di verniciare d'argento la conversazione.

«Ho accettato di vederti, adesso devi meritarti questo privilegio», ti aveva comunicato con il suo silenzio.

A un certo punto, prima che lei terminasse di mangiare un pasticcino con morsi da scoiattolo, le avevi fatto un complimento, per vedere come avrebbe reagito.

Aveva reagito bene.

Invece di disinnescare le tue lusinghe con una battuta o ignorarle cambiando argomento, riducendole a gentilezze tra commensali, se l'era prese tutte, godendosele fino in fondo e chiedendone altre. Tu, esaltato, t'eri lasciato un po' andare, tirando in ballo addirittura le figure femminili di Botticelli.

Avevi esagerato e, prima di franare a valle affermando che un certo sonetto di Shakespeare era stato scritto proprio per lei, eri riuscito a far rientrare nel recinto della decenza il vostro colloquio.

– Il lavoro come va? – Una boccata di normalità mentre tentavi di portare a termine quel pericoloso percorso a ostacoli.

Quando l'avevi salutata all'angolo, eri ormai certo che l'avresti rivista e che vi sareste complicati la vita a vicenda, che poi è lo scopo finale di ogni grande storia d'amore.

A distanza di qualche anno, mentre controlli se hai messo in tasca le chiavi di casa, ritrovi quello stesso scontrino.

Un caffè, un cappuccino e dei pasticcini.

Stai per sprofondare nei ricordi, ma la prima cosa che noti è che in quel bar facevano pagare il servizio al tavolo. Poi il piccolo proiezionista nel tuo cervello fa partire la pellicola e rivedi: le poltrone di pelle, il vestito di lei, la mancia che hai lasciato sul tavolo. Può succederti tutto questo controllando uno scontrino fiscale, come fossi un sottufficiale della Guardia di Finanza. Sulla libreria hai un piccolo cavallo in ceramica che lei ti ha portato dalla Spagna, nell'armadio un paio di camicie e un maglione che ti ha regalato per i tuoi compleanni. Ci convivi senza fremiti, sono oggetti che hanno significato qualcosa e che ora servono solo a riempire un buco sopra una mensola o a coprirti quando ti vesti di corsa la mattina.

Lo scontrino invece ti prende di sorpresa, ti aggredisce alle spalle come un figurante travestito da indiano in uno spaghetti western.

A questo punto lo puoi buttare, il sussulto che poteva darti te l'ha già dato. Se ti capitasse per le mani una terza volta, sarebbe solo un pezzetto di carta.

«Taci, il nemico ti ascolta».

Motto difficile da applicare, se fai la radio.

Anni fa, avemmo l'idea di cercare un infiltrato a Montecitorio, un sorcio che ci raccontasse episodi curiosi e soprattutto buffi della nostra vita politica. Il tal onorevole si addormenta durante le sedute fiume e russa rumorosamente? Quell'altro ama fare il galante con qualunque bipede di sesso femminile incontri? Il sottosegretario, quando va alla buvette, non offre mai, ma aspetta sempre che sia qualcun altro a mettere mano al portafogli? Benissimo, noi lo avremmo raccontato al Paese. Fatti normali, spesso meschini, di piccola quotidianità, con l'intento di mostrare al pubblico l'aspetto umano di chi entra ed esce dalla stanza dei bottoni.

Ci ragionammo sopra un paio di mesi, poi trovammo l'uomo che faceva al caso nostro. Si trattava di un giornalista parlamentare, che accettò di buon grado la nostra proposta, ma ponendo delle condizioni. Voleva avere garanzie, per evitare eventuali rappresaglie.

«Non ti chiederemo di svelare gli intrallazzi e le porcate di questi signori... solo la routine, i vizi, le abitudini... niente che possa far cadere un governo, insomma...»

Come sempre, ci interessava la commedia, non la tragedia.

Ciononostante, prendemmo delle precauzioni degne di James Bond: fummo noi a fornire la scheda telefonica – intestata a me – che avremmo utilizzato per metterci in contatto con il Sorcio. Inoltre, quando durante la diretta lo chiamavamo, ci preoccupavamo di deformargli la voce con l'Infernal Machine, un giocattolo molto amato dai radiofonici.

Eravamo in una botte di ferro, in un ventre di vacca. Iniziammo l'esperimento, gli ascoltatori sembravano gradire, nel giro di qualche settimana il Sorcio e la sua voce demoniaca divennero un appuntamento fisso del programma.

Il nostro giochino, però, era destinato a durare poco. Un pomeriggio il Sorcio mi telefonò a un'ora insolita.

– Sanno tutto! – bisbigliò con voce strozzata.

Ci vedemmo in un bar, io avevo indossato istintivamente un impermeabile, lui portava degli occhiali da sole benché piovesse. Sembrava un film di spionaggio dal budget limitato.

Mi spiegò che quella mattina gli si era avvicinato l'ufficio stampa di un noto politico, una delle piú importanti cariche dello Stato, che noi in trasmissione chiamavamo «Pennacchione». Gli aveva chiesto se sentisse mai la radio. – Sí, – aveva risposto il Sorcio. A quel punto, l'ufficio stampa del noto politico aveva insistito, domandandogli se conoscesse il nostro programma. Lui era sbiancato, aveva farfugliato un «no» molliccio.

– Lo ascolti... lo ascolti e mi faccia sapere se le piace... – aveva chiosato l'infido lemure.

Il nostro colloquio continuò ancora per qualche minuto, in un'atmosfera che prevedeva da un momento all'altro l'ingresso di una spia della Stasi che ci impallinasse con una Luger.

– Io con questo lavoro ci campo... – mi disse affranto il Sorcio. – ... se continuiamo, loro non mi concederanno nemmeno piú un'intervista e io sarò fottuto...

Mancava solo che ordinassimo due bourbon.

– Verrò marchiato come un infame, uno che fa il doppio gioco... la mia carriera sarà finita...

Non avevo pensato a impiantargli una capsula di cianuro tra i denti, quindi mi limitai a offrirgli un cappuccino.

– Ma dài, ci mancherebbe altro... ci siamo divertiti, fermiamoci qui... – fu la mia risposta, non priva di una certa, ostentata nobiltà d'animo.

Quello che era accaduto, appariva davvero comico.

Qualcuno aveva ascoltato gli interventi del Sorcio e aveva segnalato la cosa a qualcun altro. Un maresciallo era stato incaricato di scoprire chi diavolo fosse quel farlocco con la voce alterata che parlava al telefono a due imbecilli in studio, raccontando che l'onorevole Frappaloni soffriva di emorroidi e che il suo collega Trabozzi era abbonato a un mensile di modellismo. Materiale fortemente eversivo, insomma. A scoprire il chi e il come, ci avevano messo due minuti, a spese dei contribuenti. La Sicurezza Nazionale era salva.

Uscii dal bar che pioveva ancora e mi serrai addosso il trench.

Il nemico ci ascolta. E in fin dei conti, pure lui contribuisce ad aumentare lo share.

L'apprensione ci rende noiosi, spesso cretini. Lo stesso fa l'amore. I due sentimenti uniti hanno un effetto devastante.

È la prima volta che mio figlio esce da solo alla guida di un'automobile.

Mi sono offerto di accompagnarlo, ma il ragazzo, con una lucidità invidiabile, mi ha fatto notare che, se andassi con lui, non potrebbe piú uscire da solo alla guida di un'automobile.

Lo saluto, inchiodato dalla sua logica, scortandolo fino alla porta e cercando di trattenerlo con una serie di domande imbarazzanti.

– Hai preso la patente?

– Sí.

– Il libretto di circolazione?

– È nell'auto.

– Le chiavi?

– Certo.

– Non ti dimenticare i fazzoletti di carta.

Ormai non mi ascolta piú, ha capito che si tratta solo di una vergognosa melina per allontanare il momento in cui ingranerà la prima e lascerà andare la frizione. Apre la porta di casa ed esce. Lo guardo, è bellissimo, come tutti i figli guardati dai padri. Indossa un mio vecchio giubbotto, che io non metto piú perché la pelle è scorticata in vari punti. A lui piace, gli dà un senso di vissuto che, a diciannove anni, ancora non potrebbe permettersi.

Mi vado a sedere in soggiorno, con un vago senso di disperazione nel petto.

«Adesso lo chiamo», mi dico, poi penso che la mia telefonata lo potrebbe distrarre dalla guida. Lo immagino seduto al volante, condurre la sua utilitaria fino al primo stop. Vai piano, ragazzo, piano, guardati sempre bene intorno, tieni la destra e fai passare chiunque, dai la precedenza anche a gente appena partita da Milano per venire a Roma, rimani fermo e falli procedere. Il mondo è pieno d'imbecilli, ma la strada di piú.

Sono lunghi quattro minuti. Il ragazzo sta cominciando a maturare una certa esperienza, voglio dire.

Mi affaccio alla finestra per valutare il traffico. In effetti, vedo delle automobili che transitano. Non vuol dire molto. È una città di tre milioni di abitanti, ci sono sempre delle automobili che transitano.

Ho l'impressione che il viavai sia piú tranquillo del solito. Mi fa bene pensarlo. Una motocicletta sfreccia con un rombo urticante, spero che non vada nella stessa direzione di mio figlio.

Non mi sono ricordato di dirgli di controllare la posizione degli specchietti. Beh, se fossero mal messi, se ne accorgerebbe anche da solo, si tratta di una raccomandazione inutile, un po' come «... e ricordati di respirare, eh!»

Comunque, se glielo avessi ricordato, sarebbe stato meglio.

Sono trascorsi quasi dieci minuti, adesso. Ormai sa guidare.

Sento girare la chiave nella serratura. La porta si apre ed entra mio figlio insieme alla sua ragazza.

– Che è successo? – domando allarmato.

– Niente.

– Come niente?! Sei già qui! Che è successo? – Manca un nonnulla che aggiunga «dillo a papà tuo»!

– Niente... Giorgia abita solo a due chilometri da qui...

Due chilometri non sono una distanza insignificante, per un principiante. Il ragazzo è stato bravo.

Dopo un'ora, mio figlio riappare.

– Accompagno Giorgia.

Gli faccio un segno di saluto, mentre guardo il telegiornale, dissimulando.

– Con la macchina? – La capacità di dissimulare di un padre è parecchio limitata.

– Sí.

– Ok, – gli rispondo, come se fossimo nel Wisconsin.

E poso il pollice sulla mia gamba che trema.

Va bene, facciamola corta. Scriverò un romanzo erotico. Non ho molta esperienza sull'argomento, ma anche Emilio Salgari, in fin dei conti, non era mai stato in Malesia.

Ho deciso di non parlarne subito alla Casa editrice, la metterò di fronte ai primi capitoli e sono certo che capirà la forza del mio progetto.

Dentro ci sarà il sentimento, certo, l'ambizione, il degrado della nostra epoca ma, soprattutto, il sesso vissuto in maniera estrema. Bondage, feticismo e sadomaso, ormai, nella società contemporanea, rappresentano solo delle alternative alla corsa dei sacchi e al rubabandiera, pratiche che non scandalizzano piú nessuno.

Per vendere un milione di copie, ci vuole di piú.

Ecco perché ho concepito la storia di un legame morboso tra due individui che si conoscono per caso durante una manifestazione di melariani, la coraggiosa minoranza alimentare che si nutre solo di mele.

La scena iniziale è di straordinaria potenza:

Gordon e Antonietta sono seduti da due giorni in un frutteto, insieme a decine di altri fruttariani come loro. Mentre aspettano che alcune mele mature cadano spontaneamente dai rami, tra i due nasce un forte legame emotivo. Il gruppo di cui fanno parte, però, è dilaniato da feroci lotte interne: i consumatori di Annurche odiano i mangiatori di Renette che, a loro volta, hanno giurato in segreto di eliminare tutti quelli che preferiscono le Golden.

I primi scontri tra bande hanno inizio, il sangue scorre, i seguaci delle Stark Delicious tentano di ricondurre tutti alla ragione ma senza successo. Gordon e Antonietta decidono di rifugiarsi in un vecchio casale abbandonato. Qui vengono travolti dalla passione e danno vita a un torbido ménage à trois: visto che Gordon è un antiquario, costringe Antonietta a un triangolo con una cassapanca del Settecento.

La carnalità esplode, Antonietta, messi da parte i suoi antichi pudori, si lancia anima e corpo – soprattutto corpo – in una travolgente, ossessiva esaltazione dei sensi, al punto che Gordon, accecato dalla gelosia, dà fuoco alla cassapanca, verso la quale la ragazza mostra ormai un'attrazione incontrollabile.

La coppia ritrova la sua complicità. Fuori, il mondo sta impazzendo, un ragazzo viene lapidato con un fitto lancio di pomi, quando sembra che una guerra fratricida sia ormai inevitabile, accade qualcosa d'inatteso. I melariani si riuniscono sotto il comando di Jason, un fruttivendolo folle e ambizioso che detta alla comunità delle nuove, rigidissime regole: gli adepti non dovranno mai sbucciare le mele prima di nutrirsene né tantomeno disperdere i loro semi.

Gordon e Antonietta, intanto, hanno raggiunto una piccola, romantica azienda agricola dove trascorrono dei momenti indimenticabili.

Ma proprio quando pensa di aver trovato l'amore della sua vita, Gordon scopre una verità insopportabile: Antonietta ha una tresca con un comodino in stile vittoriano. Un'enorme desolazione lo attanaglia, soprattutto perché è stato proprio lui a introdurre la ragazza alle delizie del sesso ammobiliato.

Qualcosa va in frantumi, dentro la sua anima.

Al momento, non dice nulla ad Antonietta, né fa trapelare in alcun modo il suo desiderio di vendetta.

La coppia si ricongiunge alla confraternita melariana, è sera e i componenti della setta stanno per cenare tutti insieme, seguendo obbedienti la volontà di Jason.

I due amanti si siedono vicino al nuovo leader, mentre ognuno tira fuori la sua mela per mangiarla.

Quella di Antonietta è sbucciata.

Jason si accorge subito del sacrilegio e ordina ai suoi scherani di arrestare la giovane donna. Lei volge lo sguardo implorante verso Gordon e, all'improvviso, capisce tutto. Gli occhi gelidi dell'uomo le rivelano che è stato lui a tradirla e a togliere l'esocarpo.

La ragazza, su ordine di Jason, viene legata nuda a un pero. È un gesto di spregio, significa che non fa piú parte dei melariani. Viene lasciata lí, a piangere e a disperarsi. Gordon, nel frattempo, assiste impassibile al falò del comodino: la sua vendetta è terribile.

Durante la notte, Antonietta riesce a liberarsi, aiutata da un giovane che, in violazione delle leggi, mangia di nascosto anche l'insalata.

I due disgraziati fuggono verso un destino ignoto, mentre Gordon giura a se stesso che non si abbandonerà mai piú alla debolezza dell'amore.

Fine del primo romanzo.

La Casa editrice mi ha fatto sapere che, per ora, non intende pubblicare *La Mela del Peccato*. «Per ora» è una locuzione che non hanno mai usato, in passato. Leggo in essa un'interessante apertura.

Da giovani desideriamo le auto sportive, ma le compriamo a sessant'anni. Quando arriva l'estate, mi capita spesso di veder passare dei cabriolet da cui spuntano testine canute, invece di chiome ricciolute e fluenti.

A vent'anni abbiamo la passione ma non i contanti, quando poi possiamo permetterci quel giocattolo frivolo, dobbiamo stare attenti al momento in cui ci pieghiamo per entrarci. Fai un capriccio quando sei un pischello e te lo esaudisci da nonno.

Esistono poi rari casi in cui la naturale tendenza al coupé del maschio adulto scende a patti con il senso pratico.

Anni fa scrivevo battute per un mio amico, un cabarettista napoletano. A modo suo, un eroe. L'ho visto affrontare a mani nude platee barbare, assetate di sangue umano, barricate dietro la piú selvaggia determinazione a non ridere per le arguzie di un saltimbanco.

Lui non si spaventava, giocava d'anticipo, li aggrediva e, alla fine, la spuntava. Non ho mai assistito a qualcosa che mi facesse pensare di piú a una corrida, con la sola differenza che il toro, stavolta, conosceva un paio di storielle molto divertenti con cui fregare il torero.

Il mio amico faceva spettacoli un po' dappertutto, tra il Lazio e la Campania, e cosí pensò che gli occorreva un'automobile per gli spostamenti, che fosse bella e appariscente ma che non consumasse troppo. Un'accoppiata difficile da realizzare.

Un pomeriggio, mentre me ne stavo seduto a scrivere qualcosa, sulla soglia del decubito come al solito, squillò il telefono.

Era lui. C'era una strana febbre nella sua voce. Pensai che avesse ottenuto una scrittura in uno show televisivo.

Macché, aveva trovato l'auto ideale, il compromesso impossibile che molti inseguono per tutta l'esistenza.

Una Ferrari usata, con l'impianto a gas. Voleva farmela vedere a tutti i costi.

– Hai creato un mostro, – gli dissi di lí a poco.

– Non consuma niente... e quando arrivo nel paese dove faccio lo spettacolo se ne accorgono tutti...

– Ti rendi conto di quello che hai fatto? Questa Ferrari è a gas, come una cucina da campo... quelli di Maranello verranno a saperlo, ti troveranno...

Lui insistette perché facessimo un giro di prova. Il motore aveva un rombo strano, gli dissi che nell'abitacolo mi sembrava di percepire un leggero odore di metano.

– È un'impressione... poi domani metto un deodorante, – chiuse il discorso.

È stata l'ultima volta che l'ho visto. Piano piano ci siamo persi, il lavoro, la famiglia e tutte le altre scuse canoniche.

Ogni tanto mi chiedo se possiede ancora la sua Ferrari a gas o se l'ha cambiata con una Maserati a caffè o con una Lamborghini a iniezione diuretica, fai pipí nel serbatoio e quella cammina.

MARGHERITA... PERCHÉ?
Questa drammatica scritta è apparsa nei giorni scorsi sul muro vicino al mio portone.

Escludo che si tratti di un dubbio estremo prima di ordinare in pizzeria, quindi la interpreto come un grido disperato, l'interrogativo angosciato di un amante abbandonato. Certo, potrebbe trattarsi d'altro: un genitore che vuole sapere dalla figlia il motivo per cui se n'è andata da casa, un marito che chiede ragione alla moglie di quella strusciatura sulla fiancata dell'automobile. La matrice romantica, però, prende subito il sopravvento su tutte le altre possibili.

MARGHERITA... PERCHÉ?
Di «perché» ce n'è di sicuro uno e forse piú d'uno, ma il tale che ha fatto la scritta, rossa su una parete ocra, non riesce a individuarne nessuno in grado di giustificare quel terribile distacco.

Tutte le mattine, quando esco, guardo la scritta, un'implorazione di vernice senza risposta.

Immagino l'intero quartiere a scervellarsi sul significato di quelle due parole, separate dalla tragica pausa dei puntini di sospensione.

È una vicenda appassionante, una grande storia d'amore che diventa pubblica grazie a una piccola frase color gambero.

Provo a chiedere spiegazioni a un paio di condomini, al barista, al portinaio. Nessuno sa nulla, nessuno azzarda un'ipotesi. Se la scritta è stata fatta qui, significa che i nostri Tristano e Isotta sono di zona. E dopo l'apparizione di quella tormentata epigrafe si saranno rivisti? Avranno fatto pace? Può darsi che, mentre io mi arrovello, Abelardo ed Eloisa si siano ritrovati, chiariti, abbiano ripreso il loro cammino insieme.

Una mattina, però, il colpo di scena.

Sul muro color ocra, sotto lo straziante quesito di lui, appare la risposta concisa, enigmatica e definitiva di lei.

LO SAI PERCHÉ.

Ma non farebbero prima a telefonarsi? Questa la riflessione che il mio cervello elabora d'istinto, prima di lasciarsi sprofondare in una trama degna di Liala.

Dunque, lui ha fatto qualcosa che non doveva fare. L'ago della bilancia, nelle quotazioni dei bookmaker di quartiere, inizia a pendere dalla parte di Margherita, che da crudele carnefice di un cuore innamorato diventa vittima della ben nota insensibilità maschile.

– Certo, lei l'ha fatto schiattare una settimana, ma alla fine ha risposto... e se ha risposto significa che una porticina aperta la tiene... – mi spiega l'inquilina del secondo piano, in psicologia femminile senza dubbio piú ferrata di me. Per il barista si tratta di una lite tra adolescenti, destinata a concludersi presto.

– Adolescenti non credo... – ribatte la moglie del portinaio – ... Margherita non è un nome che andava di moda una quindicina d'anni fa, dev'essere una piú «tostarella»... secondo me, quasi trentenne. La madre sentiva Cocciante...

Il romanzo d'appendice murario continua, però con uno sviluppo molto teatrale. Accanto alle altre due, appare la scritta NON VIVO SENZA TE, stavolta in vernice nera.

Mi chiedo che senso abbia il cambiamento cromatico. Può darsi che l'autore attribuisca al nero una capacità maggiore, rispetto agli altri colori, di esprimere sofferenza e rimpianto.

– Aveva finito il rosso, – sentenzia il barista.

L'Ignoto Malato d'Amore ha giocato la carta finale:

perdonami, qualunque cosa io abbia fatto, perché ti amo talmente da non poter sopravvivere senza di te.

– Sí, sí... gli uomini lo dicono sempre, – è l'opinione pratica e disincantata dell'inquilina del secondo piano.

Restiamo tutti con il fiato sospeso per giorni, ma non succede niente, nessuna nuova scritta va ad aggiungersi a quelle che ci hanno raccontato questo suburbano tormento amoroso.

Non ci rimane che abbandonarci a delle supposizioni, ipotizzare un finale, secondo la nostra indole.

A me piace pensare che Margherita e l'Innominato siano tornati insieme e continuino ad amarsi appassionatamente, tra liti fugaci e notti di ardente desiderio.

Il fronte muliebre – la portinaia e la mia condomina – ha un punto di vista molto piú realistico, secondo il quale lei l'ha scaricato e magari già ne ha sotto mano un altro.

Il barista non si sbilancia, dice che un giorno o l'altro ci saranno degli sviluppi e dovremo saperli interpretare, come degli aruspici metropolitani.

Intanto le scritte sono state cancellate, il muro del palazzo è stato imbiancato e le pene d'amor perdute che ci hanno tanto coinvolto non esistono piú.

Ieri qualcuno ci ha scritto sopra FORZA JUVE.

M'è capitato per le mani il libretto d'istruzioni della lavastoviglie. Un corso a dispense per imparare il vietnamita mi sarebbe sembrato piú abbordabile. M'è venuto in mente che dovrebbero esistere opuscoli del genere non solo per gli apparecchi tecnologici, ma anche per quel congegno delicatissimo che è l'essere umano. Per questo, ho voluto provare a buttarne giú uno che, sono certo, potrebbe risultare molto utile a tanti.

MANUALE PER LA MANUTENZIONE
DI UNA COSCIENZA ITALIANA

a) La coscienza dev'essere utilizzata solo in casi d'estrema necessità, altrimenti è consigliabile tenerla piegata nella sua confezione, in un luogo asciutto e riparato, onde evitare che si sciupi. Se non la userete affatto, rimarrà come nuova per anni e anni.

b) L'uso della coscienza dev'essere limitato ai luoghi consentiti, cioè nell'ambito di una ristrettissima cerchia di parenti e amici, mentre va evitato in tutte quelle situazioni nelle quali può risultare pericoloso, ad esempio le sedute parlamentari, i festini con minorenni, le riunioni condominiali, le aree di rigore in Serie A, le fatturazioni da parte di dentisti e idraulici, l'assenteismo reiterato, la selezione di cantanti per Festival musicali e i Premi letterari.

c) Nel corso degli anni, la coscienza potrebbe deteriorarsi e perdere alcune parti: si sconsiglia nella maniera piú assoluta di sostituire tali parti con pezzi originali, conviene invece rimpiazzare con tarocchi, frasi fatte e contraffatte quali «Non è colpa mia... si tratta di un complotto... io non ne sapevo niente... l'ho fatto per il Partito... comunque, questo è solo e soltanto dello squallido gossip...»

d) Il filtro della vergogna tende a intasarsi, va quindi pulito periodicamente e asciugato per bene prima di reintrodurlo.

e) Ricordatevi di oliare sempre adeguatamente la vostra coscienza, onde evitare che l'attrito con la realtà risulti fastidioso. A tale scopo, servitevi della visione lubrificante di programmi televisivi stimolanti la lacrimazione, facilmente reperibili su tutte le emittenti nazionali.

f) Alcuni modelli antiquati di coscienza, non conformi alle recenti normative, possono creare dei problemi agli utenti, accendendosi da soli durante la notte e tenendoli svegli per ore. In questi casi, è opportuno rivolgersi immediatamente all'assistenza, contattando un qualunque esperto di lavaggi energetici o, nel peggiore dei casi, uno psicoterapeuta.

g) Lo smontaggio e la rimozione della coscienza, allo stato attuale dell'evoluzione tecnologica, non è ancora possibile, anche se già da anni nel nostro Paese fior di specialisti stanno lavorando in tale direzione. Se però vi atterrete alle poche indicazioni impartite nel corso di questo libretto, la vostra coscienza non vi creerà preoccupazioni di alcun genere. Insomma, come se non ci fosse.

Ognuno di noi è un gavettone di ricordi.

Siamo involucri abbastanza fragili e ogni tanto perdiamo brandelli di quello che vorremmo conservare, ma non c'è nulla da fare, è il prezzo da pagare agli anni.

Quel pomeriggio in cui eri ragazzino, ad esempio, passato a giocare a carte nei locali dei lavatoi, sopra l'ultimo piano. Le tue fiches erano giornaletti che non esistono piú. Questo ricordo lo hai perduto per strada, come un quadro di valore andato bruciato nell'incendio di un'antica abbazia. La pinacoteca, però, rimane immensa, una collezione privata da far invidia ai coniugi Broad.

Mi rendo conto di essere un individuo proiettato verso il passato, costantemente, grazie a una solida vocazione.

Ricordo un cagnolino di plastica, lungo come un mignolo, si tirava un filo e lui camminava, con passi minuscoli. Ho circa otto anni e ci sto giocando, seduto sul pavimento, convinto che si tratti di un oggetto prezioso.

Ricordo le minigonne e gli stivali alti delle donne, i nodi ciclopici delle cravatte maschili, le cuffie da bagno di plastica, con i fioroni di tutti i colori.

Ricordo la marmellata di castagne e i pastelli a cera, non amavo usarli ma mi piaceva sapere che c'erano, nella cartella.

I libri di scuola si foderavano con copertine di plastica e a volte anche i quaderni.

Il tranvetto Termini-Cinecittà arrancava sulla lunga salita del Quadraro e a bordo i ragazzi scommettevano sempre che non ce l'avrebbe fatta.

Poi c'era Lilla, la cagna del garagista, che di giorno era tranquilla e si faceva carezzare, la notte abbaiava e ti rincorreva, il primo caso di personalità multipla nel quale mi sono imbattuto. Ne avrei incontrati molti altri, in seguito, tra gli esseri umani.

Ricordo l'esame di Diritto canonico alla facoltà di Giurisprudenza. Il professore che m'interrogava non riusciva a spiegarsi perché avessi scelto una materia cosí irrilevante per il mio primo esame universitario. Io allora frequentavo l'Accademia «Silvio D'Amico» e il voto sul libretto mi serviva solo per il rinvio del servizio militare. Avrei dato anche Diritto dei formicai e Procedura del gelato al pistacchio, se fossero esistiti e serviti allo scopo. Gli raccontai, mentendo, di uno zio cardinale che ci teneva tanto fossi ferrato sull'argomento.

Con Serenella avevo parlato solo al citofono, un corteggiamento che non aveva il coraggio di dichiararsi tale, due complimenti tremebondi sussurrati nel microfono di una pulsantiera sgarrupata. La storia andò avanti una decina di giorni, poche frasi mormorate in fretta, con il rischio che rispondesse la madre. Ricordo la delusione dipinta sulla sua faccia quando c'incontrammo e lei si trovò di fronte un ragazzetto piú basso di lei, insignificante, con una frangetta avvilente.

Mi torna in mente il mio amico tedesco che in spiaggia faceva la verticale sulle braccia, io invece non ci riuscivo e allora lui e il fratello piú piccolo mi tenevano su per le caviglie, come due pertiche che cercano di raddrizzare un alberello, io però alla fine franavo lo stesso e ridevamo.

Ricordo la morte di mio nonno, si sentí male all'improvviso, di notte. Corremmo in camera sua, ricordo i suoi pantaloni del pigiama a righe, l'immagine sacra attaccata sopra al letto, la vecchia cassettiera. Io rimasi con lui, mentre mio padre telefonava al medico. Non riusciva a respirare, il liquido gli stava riempiendo i polmoni, mi disse che non ce la faceva, io lo rimproverai, gli risposi che ce l'avrebbe fatta di certo, ero convinto che nessuna delle persone che amavo sarebbe mai morta. Non l'ho aiutato ad andarsene. Ho saputo solo sgridare un uomo che spirava.

Il primo articolo in cui si scriveva che ero bravo a fare la radio. Non ha importanza che fosse vero o no, da quel momento divenne tutto piú facile, piú leggero, piú divertente. Essere incoraggiato è fondamentale, dobbiamo farlo sempre con le persone cui vogliamo bene.

Mi capita di ripensare al tenente colonnello Di Vito, un ufficiale napoletano simpatico e malinconico, guidava una Ford Taunus decadente. Lavoravo nel suo ufficio, quando facevo il militare. Una volta mi misi nei guai per aver coperto un compagno, mi sarebbero toccati parecchi giorni di rigore. Lui bloccò il procedimento, poi mi convocò e mi disse: «So che lo hai fatto in buona fede. Tu sei troppo buono».

Aveva torto, quello buono era lui.

Ricordo un sacco di cose, molte delle quali inutili, dettagli, ore banali, pomeriggi anonimi, un'infinità di prove tecniche di esistenza. La testa è una soffitta nella quale ammucchiamo di tutto. A volte, invece, faremmo bene a buttare via.

Esiste in Italia una setta religiosa molto diffusa e di cui si parla pochissimo.

Il suo nome è «Dietrology».

Gli adepti si riconoscono tra loro attraverso brevi dialoghi in metropolitana o all'interno di locali pubblici assai frequentati. Alla base di questa fede c'è la convinzione che il delicatissimo equilibrio su cui poggia il Creato sia costituito dal Grande Complotto Cosmico. Le Sacre Scritture di Dietrology sono tramandate oralmente dai fedeli, di generazione in generazione. Eccone un breve stralcio.

Dietro il referendum truccato tra monarchia e repubblica del 1946 c'era la Loggia massonica dell'Ordine del Grande Oriente collegata ai secessionisti sardi, che crearono un asse con la banda della Magliana per impossessarsi del Banco di Santo Spirito e riuscire a raggiungere – il giorno 10 maggio del 1981 – quello che era considerato l'obiettivo finale del disegno eversivo: l'annullamento del goal di Turone nel corso di Juventus-Roma. Mentre i tracciati di Ustica venivano nascosti da Marcinkus nella cassaforte di Graziano Mesina (detto Grazianeddu) e Provolino (nome di battaglia di Licio Gelli) influenzava dagli schermi delle televisioni l'opinione di milioni d'italiani, mandando chiari messaggi in codice come «boccaccia mia statti zitta», l'anarchico Pinelli cadeva da una finestra per salutare il cugino che passava in strada e che, in realtà, era stato rapito a Sutri e tenuto prigioniero da una civiltà aliena per tre settimane. Proprio mentre la verità stava per emergere, nel gennaio del 1983, veniva assassinato il cantante Sandro Giacobbe e sostituito da un sosia, che al Festival di Sanremo cantava *Gli occhi verdi di tua madre*, indirizzando una chiara minaccia all'allora vicesegretario del Partito socialista Claudio Martelli, la cui mamma soffriva all'epoca di una fastidiosa congiuntivite. Intanto, il Vesuvio eruttava su precisa indicazione della camorra e nella quinta puntata della diciannovesima edizione di *Giochi senza frontiere* il Comune di Licata, in gara per l'Italia, veniva eliminato per una combine tra Svizzera e Belgio: un inganno che, in seguito, avrebbe portato alle dimissioni di papa Benedetto XVI, benché la Chiesa Cattolica non abbia ancora ammesso l'esistenza di un nesso tra i due avvenimenti.

Ecco, questa è Dietrology, grosso modo. Una conventicola che cresce, di ora in ora.

Qualora dopo la pubblicazione di queste rivelazioni io dovessi essere assassinato, sappiate che la colpa è dei Templari di Frosinone che, in accordo con l'Automobile Club, hanno boicottato il giro d'Italia del 1975, con le ripercussioni che tutti ben conoscete.

Le parole fanno sorridere. *Bolo*, ad esempio, ma anche *cacatua, pannocchia, pappatacio, zazzera, ghiandola* e *incignare*. I bambini fanno sorridere, quando caracollano e cadono, poi ridono e subito dopo piangono – le due azioni sono sempre intimamente collegate – e si addormentano in posizioni assurde e fanno la voce grossa e credono a tutto quello che dici e ti cercano per metterti in mano la caramella che hanno succhiato e non gli è piaciuta. I tramonti fanno sorridere, come pure un uomo anziano che dorme su una poltrona, mentre intorno a lui i nipoti devastano l'appartamento. Una ragazza giovane e bruttina fa sorridere, quando esce da casa truccata e acchittata e affronta con coraggio la vita, e provateci voi perché siamo capaci tutti a essere bellissimi. Un tipo che gioca male a calcio su un campetto di parrocchia fa sorridere, per il suo fervore, il cross sbagliato e lo sfottò dei compagni. L'entusiasmo dei cani fa sorridere, quando li portano a correre a fine giornata e fanno diventare un parchetto di periferia l'unico posto al mondo dove è possibile essere felici. Due adolescenti che camminano abbracciati fanno sorridere, e sai che si ameranno per sempre almeno per due settimane.

Una Fiat 127 verde fa sorridere: tu attraversi la strada e lei appare all'improvviso ed è come trovarsi di fronte Malagodi o Boninsegna o il cantante Antoine, ma com'erano negli anni Settanta. Due sposi che si fanno fotografare nel giardino di un ristorante fanno sorridere, con i parenti che li guardano estasiati e nessuna coppia è stata mai più bella e loro che assumono pose scultoree o romantiche, ma tutte imbarazzate. Una coppia di turisti finlandesi a Roma a metà maggio fa sorridere, con le guide della città in mano e i cappelli e i sandali e le canottiere e l'espressione affaticata e raggiante di chi non avrebbe mai pensato potessero esistere cose del genere. Una signora ottantenne che fa la spesa al mercato fa sorridere, mentre palpeggia la frutta perché sa distinguerla al tocco e capire se è matura e saporita o se è meglio che se la mangi il fruttivendolo. Stare seduti sulla spiaggia a febbraio fa sorridere, quando non c'è nessuno, il cielo ha una mimica seria e il mare non deve contenere centinaia di corpi e si riposa. Una canzone che non ti aspetti alla radio fa sorridere, tua nonna appena uscita dal parrucchiere, un amico che ti citofona perché ti ha portato una bottiglia di vino, lo sciacquone del bagno che finalmente funziona di nuovo dopo il passaggio dell'idraulico, tutte queste cose fanno sorridere. La risata è una meravigliosa forma di illusione, ma è quello che ti fa sorridere a permetterti di andare avanti, nonostante tutto. Ci pensavo ieri: quando tutto questo finirà, sarà un vero peccato.

Ecco, ho detto tutto, credo.

Eppure, mi rimane solo un robusto senso di provvisorietà.

L'essere umano è un dipendente precario, non riesce a spuntare un contratto migliore da millenni.

Alla fin fine, ho l'impressione nebulosa che esistano giusto un paio di cose importanti nella vita e che le altre servano a imballarle e a non farle rompere.

Concludo con le parole dell'uomo piú saggio che abbia conosciuto, un meccanico che chiamavamo Manograssa.

Dava ottimi consigli a tutti, mentre riparava carburatori, era l'unico santone al mondo capace di cambiare le pastiglie dei freni. Un giorno, mentre mi controllava l'olio, gli chiesi cosa bisognava fare, secondo lui, per avere la certezza di non sbagliare.

– È semplice. Non devi fare un cazzo, – mi rispose, e s'infilò sotto la macchina.

Stampato per conto della Casa editrice Einaudi
presso ELCOGRAF S.p.A. - Stabilimento di Cles (Tn)
nel mese di novembre 2019

C.L. 24306

Ristampa

0   1   2   3   4   5   6

Anno

2019   2020   2021   2022